豐子愷

豐子愷 著

中華教育

目錄

豐子愷小傳

　　豐子愷（1898—1975），浙江崇德人。我國現代著名的畫家、散文家、翻譯家，也是美術教育家和音樂教育家。豐子愷的父親豐鐄，1902 年鄉試時中舉人。中舉後不久，豐子愷的祖母去世。當時講究孝道，按照規矩，豐鐄必須為母親守喪三年。三年期滿，才允許繼續參加科舉考試。但是歷史開了一個玩笑，三年之後，當豐舉人期待再進一步之時，延續了上千年的科舉制度被清政府徹底廢除，他的仕進之路就此斷絕。好在豐家還開着一座染坊，生意足以維持基本生活。而且豐鐄本來就是一個比較灑脫的人，得失並不放在心上，淡然處世，無欲無求。這種生活態度，對豐子愷有相當的影響。

　　豐子愷是家裏唯一的男孩。他 7 歲入私塾讀書，12 歲轉入新學堂。1914 年小學畢業，考入浙江省立第一師範學校（簡稱「浙江一師」）。這個學校很不一般，在「五四」運動時代，北有北京大學，南有浙江一師，兩所學校遙相呼應，互為犄角，是推動新文化運動的骨幹力量。浙江一師的四位國文教師陳望道、夏丏尊、劉大白、李次九，號稱「四大金剛」，都是熱衷傳播新思想的進步

教師。學校的校長經亨頤，則是當地頗孚眾望的老教育家，思想開通，清明持重。豐子愷入學時，「五四」運動雖然還沒發生，但他已經開始感受到瀰漫在校園裏的新文化氣息。

浙江一師的任課教師中，使豐子愷受啟悟較多的是教圖畫和音樂的李叔同先生以及教國文的夏丏尊先生。兩位老師，一個樸質剛正，一個親切敦厚，但他們溫潤的人格、誠摯的風範都在豐子愷日後的回憶文章中有生動的呈現。因為有師徒之緣，豐子愷一直對李叔同極為敬重。1918 年，李叔同剃度出家，法號弘一。一僧一俗的不同並沒有將兩人隔離，相反，他們始終保持着密切的關係，直至老師去世。而弘一大師的佛教思想與處世哲學，在豐子愷的精神世界中也打下了深深的烙印。有一個有趣的故事，1926 年 8 月，弘一大師到上海，借住在豐子愷家，弟子趁機請老師為其寓所取一個稱呼。老師建議，將平時喜歡的字寫在紙片上，隨意抓取，然後組合為寓所名。弟子遵命照辦，竟連續抓得兩個「緣」字，於是名其寓所為「緣緣堂」。

豐子愷從小時起就對美術很感興趣，在浙江一師讀書期間，有了圖畫課李先生的熱切鼓勵和悉心指導，他在美術方面的造詣獲得長足提高。自浙江一師畢業以後，豐子愷到上海與友人一起創辦了上海專科師範學校，自己擔任圖畫教師。這所學校是中國教育史上第一所包括圖畫、音樂、手工藝等科目的藝術師範。為了繼續提高美術修養，豐子愷還於 1921 年到日本東京遊學。1922 年，在春暉中學任教的豐子愷開始畫一種叫做「漫畫」的東西。他最初的名聲，就是來源於此。1925 年，他的漫畫作品以《子愷漫畫》結集出

版，這是中國第一本漫畫集。豐子愷自然便成了中國漫畫事業的奠基人之一。他的漫畫，流傳極廣，影響極大，至今仍廣受讀者喜愛。畫家繪圖不事雕琢，用筆簡淨，直取對象神韻，寥寥數筆，一個完滿、生動、雋永蘊藉的藝術世界就躍然紙上了——不消多說，這是很高的藝術境界，非藝術大師不能為也。

豐子愷的文字生涯是從翻譯開始的。從英文轉譯屠格涅夫的《初戀》，被豐子愷看做自己「文筆生涯的『初戀』」。他翻譯過許多文學和文學理論作品——比如廚川白村的《苦悶的象徵》，屠格涅夫的《初戀》、《獵人筆記》，紫式部的《源氏物語》，等等。他翻譯過的藝術類書籍數量更大。這位日語、英語、俄語俱佳的翻譯家，可謂著、譯作等身。

1931 年，他出版了第一部散文集《緣緣堂隨筆》，以後又有《車廂社會》、《緣緣堂再筆》等散文集問世。憨態可掬的兒女、雲捲雲舒的季候、童年記憶、遊學生涯、社會風俗、人生百態……都被他一一寫進文中。他的散文跟他的漫畫一樣，都帶有鮮明的豐氏風格：樸素純淨，恬靜從容，取材不強求重大，語言不羨慕華麗，而是力圖營造言近旨遠、沖淡平和的藝術境界。畫如其人，文如其人。

抗日戰爭爆發後，緣緣堂毀於日軍炮火，豐子愷帶領家人一路逃難。他於這時候寫下的文字，有一股強烈的戰鬥氣息，表達了他對侵略者的痛恨和對祖國人民終將戰勝敵人的堅定信念。

新中國成立後，豐子愷一直居住在上海，擔任過上海市

政協委員、人民代表，也是上海市美術家協會和作家協會的重要成員，同時筆耕不輟。「文革」期間，他與許多知識分子一樣受到衝擊，被下放到農村勞動。1970 年，因為病重，豐子愷返回上海治病。病癒以後，他留在了上海。從 1971 年起，他又開始偷偷地作畫、翻譯。利用每天的凌晨時分，豐子愷共寫下了 33 篇散文，後來總稱「緣緣堂續筆」。這些散文寫的都是豐子愷自己的往年見聞，跟當時社會的滔天巨浪沒有甚麼關係。在生命的最後階段，老藝術家深深地陷入回憶之中，文字的乾淨和韻味的綿長，都讓人歎服。1973 年，《緣緣堂續筆》定稿。不久，豐子愷再次遭到批鬥，兩年後病逝。於是，這批文字就成了他的「天鵝的絕唱」。

豐子愷一生著、譯作有一百多部，他的散文由後人輯為《豐子愷散文全編》（上下卷）。這些散文連同其他作品，後又收入《豐子愷文集》。

漸

◖ 導讀

本文原載於 1928 年 6 月《一般》雜誌第 5 卷第 2 號。

朱自清在散文《匆匆》中寫道:「燕子去了,有再來的時候;楊柳枯了,有再青的時候;桃花謝了,有再開的時候。但是,聰明的,你告訴我,我們的日子為甚麼一去不復返呢? —— 是有人偷了他們罷:那是誰?又藏在何處呢?是他們自己逃走了罷:現在又到了哪裏呢?」作者彷彿感覺受到了欺騙,於是,面對這無從拉住的「匆匆」,「不禁頭涔涔而淚潸潸了」。

豐子愷也意識到時間是「造物主騙人的手段」。不過,他對時間的定性卻是「漸」:「猶如從斜度極緩的長遠的山坡上走下來,使人不察其遞降的痕跡,不見其各階段的境界,而似乎覺得常在同樣的地位,恆久不變……」將無形的時間體驗轉為有形的空間體驗,使其具體可感,這是這篇《漸》的成功之處。

其實,無論是「匆匆」,還是「漸」,時間在人們眼中都是不可思議的東西。它只是流過,流過,人們始終拿它沒有辦法。所以,問題的關鍵是如何通過心理的調適去直面它。作者說,「收縮無限的時間並空間於方寸的心中」。與永恆拔河,得大自在。

　　使人生圓滑進行的微妙的要素，莫如「漸」；造物主騙人的手段，也莫如「漸」。在不知不覺之中，天真爛漫的孩子「漸漸」變成野心勃勃的青年；慷慨豪俠的青年「漸漸」變成冷酷的成人；血氣旺盛的成人「漸漸」變成頑固的老頭子。因為其變更是漸進的，一年一年地、一月一月地、一日一日地、一時一時地、一分一分地、一秒一秒地漸進，猶如從斜度極緩的長遠的山坡上走下來，使人不察其遞降的痕跡，不見其各階段的境界，而似乎覺得常在同樣的地位，恆久不變，又無時不有生的意趣與價值，於是人生就被確實肯定，而圓滑進行了。假使人生的進行不像山坡而像風琴的鍵板，由 do 忽然移到 re，即如昨夜的孩子今朝忽然變成青年；或者像旋律的「接離進行」地由 do 忽然跳到 mi，即如朝為青年而夕暮忽成老人，人一定要驚訝、感慨、悲傷，或痛感人生的無常，而不樂為人了。故可知人生是由「漸」維持的。這在女人恐怕尤為必要：歌劇中、舞台上的如花的少女，就是將來火爐旁邊的老婆子，這句話，驟聽使人不能相信，少女也不肯承認，實則現在的老婆子都是由如花的少女「漸漸」變成的。

　　人之能堪受境遇的變衰，也全靠這「漸」的助力。巨富的紈絝子弟因屢次破產而「漸漸」蕩盡其家產，變為貧者；貧者只得做傭工，傭工往往變為奴隸，奴隸容易變為無賴，無賴與乞丐相去甚近，乞丐不妨做偷兒……這樣的例，在小說中，在實際上，均多得很。因為其變衰是延長為十年二十年而一步一步地「漸漸」地達到的，在本人不感到甚麼強烈的刺激。故雖到了飢寒病苦刑笞交迫的地步，仍是熙熙

然貪戀着目前的生的歡喜。假如一位千金之子忽然變了乞丐或偷兒，這人一定憤不欲生了。

這真是大自然的神祕的原則，造物主的微妙的工夫！陰陽潛移，春秋代序，以及物類的衰榮生殺，無不暗合於這法則。由萌芽的春「漸漸」變成綠蔭的夏，由凋零的秋「漸漸」變成枯寂的冬。我們雖已經歷數十寒暑，但在圍爐擁衾的冬夜仍是難於想像飲冰揮扇的夏日的心情；反之亦然。然而由冬一天一天地、一時一時地、一分一分地、一秒一秒地移向夏；由夏一天一天地、一時一時地、一分一分地、一秒一秒地移向冬，其間實在沒有顯著的痕跡可尋。晝夜也是如此：傍晚坐在窗下看書，書頁上「漸漸」地黑起來，倘不斷地看下去（目力能因了光的漸弱而漸漸加強），幾乎永遠可以認識書頁上的字跡，即不覺晝之已變為夜。黎明憑窗，不瞬目地注視東天，也不辨自夜向晝的推移的痕跡。兒女漸漸長大起來，在朝夕相見的父母全不覺得，難得見面的遠親就相見不相識了。往年除夕，我們曾在紅蠟燭底下守候水仙花的開放，真是痴態！倘水仙花果真當面開放給我們看，便是大自然的原則的破壞，宇宙的根本的搖動，世界人類的末日臨到了！

「漸」的作用，就是用每步相差極微極緩的方法來隱蔽時間的過去與事物的變遷的痕跡，使人誤認其為恆久不變。這真是造物主騙人的一大詭計！這有一個比喻的故事：某農夫每天朝晨抱了犢而跳過一溝，到田裏去工作，夕暮又抱了牠跳過溝回家。每日如此，未嘗間斷。過了一年，犢已漸大，漸重，差不多變成大牛，但農夫全不覺得，仍是抱了牠

跳溝。有一天他因事停止工作，次日再就不能抱了這牛而跳溝了。造物的騙人，使人留連於其每日每時的生的歡喜而不覺其變遷與辛苦，就是用這個方法的。人們每日在抱了日重一日的牛而跳溝，不准停止。自己誤以為是不變的，其實每日在增加其苦勞！

我覺得時辰鐘是人生的最好的象徵了。時辰鐘的針，平常一看總覺得是「不動」的；其實人造物中最常動的無過於時辰鐘的針了。日常生活中的人生也如此，刻刻覺得我是我，似乎這「我」永遠不變，實則與時辰鐘的針一樣的無常！一息尚存，總覺得我仍是我，我沒有變，還是留連着我的生，可憐受盡「漸」的欺騙！

「漸」的本質是「時間」。時間我覺得比空間更為不可思議，猶之時間藝術的音樂比空間藝術的繪畫更為神祕。因為空間姑且不追究它如何廣大或無限，我們總可以把握其一端，認定其一點。時間則全然無從把握，不可挽留，只有過去與未來在渺茫之中不絕地相追逐而已。性質上既已渺茫不可思議，分量上在人生也似乎太多。因為一般人對於時間的悟性，似乎只夠支配搭船乘車的短時間；對於百年的長期間的壽命，他們不能勝任，往往迷於局部而不能顧及全體。試看乘火車的旅客中，常有明達的人，有的寧犧牲暫時的安樂而讓其座位於老弱者，以求心的太平（或博暫時的美譽）；有的見眾人爭先下車，而退在後面，或高呼「勿要軋，總有得下去的！」「大家都要下去的！」然而在乘「社會」或「世界」的大火車的「人生」的長期的旅客中，就少有這樣的明達之人。所以我覺得百年的壽命，定得太長。像現在的

世界上的人，倘定他們搭船乘車的期間的壽命，也許在人類社會上可減少許多兇險殘慘的爭鬥，而與火車中一樣的謙讓、和平，也未可知。

然人類中也有幾個能勝任百年的或千古的壽命的人。那是「大人格」，「大人生」。他們能不為「漸」所迷，不為造物所欺，而收縮無限的時間並空間於方寸的心中。故佛家能納須彌於芥子[①]。中國古詩人白居易[②]說：「蝸牛角上爭何事？石火光中寄此身。」英國詩人（Blake）[③]也說：「一粒沙裏見世界，一朵花裏見天國；手掌裏盛住無限，一剎那便是永劫。」

一九二八年芒種

① 「須彌」一詞原為梵文音譯，相傳為古印度神話中的名山。「納須彌於芥子」指偌大的須彌山可以放入一粒小小的菜籽中，形容佛法無邊，神通廣大。也指佛教的大氣魄和大境界。
② 白居易（772—846），字樂天，晚年號香山居士，河南人，唐代偉大的詩人、文學家。文中詩句出自白居易《對酒》一詩。
③ 即威廉·布萊克（1757—1827）。

給 我 的 孩 子 們

◖ 導讀

　　本文原為《子愷畫集》（1927 年開明書店出版）的代序。

　　在兒女面前，父親大約都是嚴厲、權威的吧。作為一個「大人」，他自然是比「小孩」懂得更多的「知識」和「道理」。而在這篇文章中，我們卻讀到了一個向小孩子的世界深深地俯下身去，甚至頂禮膜拜的父親。

　　因為作者在兒女那裏看到了「真」字。這個「真」，就是真率、自然、熱情，就是不沉默、不含蓄、不深刻，就是「甚麼事體都像拚命地用全副精力去對付」。

　　作者在兒女那裏還看到了強盛的創作力。無論甚麼事情，在他們想來，絕對沒有做不到，而只有爸爸媽媽不願做或者不願他們做。這也是一種「真」。

　　作者對兒女的讚美不是虛假的，在文章裏他列舉了無數的實例加以說明。即便不是為了讚美的目的，對小孩子的世界如此諳熟，這本身即已告訴我們，作者有一顆永遠的童心。作者對成人世界的默默批判，也就包含在這顆童心裏了。

我的孩子們，我憧憬於你們的生活，每天不止一次！我想委曲地説出來，使你們自己曉得。可惜到你們懂得我的話的意思的時候，你們將不復是可以使我憧憬的人了。這是何等可悲哀的事啊！

瞻瞻！你尤其可佩服。你是身心全部公開的真人。你甚麼事體都像拚命地用全副精力去對付。小小的失意，像花生米翻落地了，自己嚼了舌頭了，小貓不肯吃糕了，你都要哭得嘴脣翻白，昏去一兩分鐘。外婆普陀去燒香買回來給你的泥人，你何等鞠躬盡瘁地抱他，餵他；有一天你自己失手把他打破了，你的號哭的悲哀，比大人們的破產，失戀，broken heart [1]，喪考妣，全軍覆沒的悲哀都要真切。兩把芭蕉扇做的腳踏車，麻雀牌堆成的火車，汽車，你何等認真地看待，挺直了嗓子叫「汪——」，「咕咕咕……」，來代替汽笛。寶姐姐 [2] 講故事給你聽，説到「月亮姐姐掛下一隻籃來，寶姐姐坐在籃裏吊了上去，瞻瞻在下面看」的時候，你何等激昂地同她爭，説：「瞻瞻要上去，寶姐姐在下面看！」甚至哭到漫姑 [3] 面前去求審判。我每次剃了頭，你真心地疑我變了和尚，好幾時不要我抱。最是今年夏天，你坐在我膝上發見了我腋下的長毛，當作黃鼠狼的時候，你何等傷心，你立刻從我身上爬下去，起初眼瞪瞪地對我端相，繼而大失所望地號哭，看看，哭哭，如同對被判定了死罪的親友一

---

① 英語，意為「心碎」。

② 寶姐姐，豐子愷的大女兒，本名豐陳寶。

③ 漫姑，指豐子愷的三姐豐滿。

樣。你要我抱你到車站裏去，多多益善的要買香蕉，滿滿地擒了兩手回來，回到門口時你已經熟睡在我的肩上，手裏的香蕉不知落在哪裏去了。這是何等可佩服的真率，自然與熱情！大人間的所謂「沉默」，「含蓄」，「深刻」的美德，比起你來，全是不自然的，病的，偽的！

你們每天做火車，做汽車，辦酒，請菩薩，堆六面畫，唱歌，全是自動的，創造創作的生活。大人們的呼號「歸自然！」「生活的藝術化！」「勞動的藝術化！」在你們面前真是出醜得很了！依樣畫幾筆畫，寫幾篇文的人稱為藝術家、創作家，對你們更要愧死！

你們的創作力，比大人真是強盛得多哩：瞻瞻！你的身體不及椅子的一半，卻常常要搬動它，與它一同翻倒在地上；你又要把一杯茶橫轉來藏在抽斗裏，要皮球停在壁上，要拉住火車的尾巴，要月亮出來，要天停止下雨。在這等小小的事件中，明明表示着你們的弱小的體力與智力不足以應付強盛的創作慾、表現慾的驅使，因而遭逢失敗。然而你們是不受大自然的支配，不受人類社會的束縛的創造者，所以你的遭逢失敗，例如火車尾巴拉不住，月亮呼不出來的時候，你們決不承認是事實的不可能，總以為是爹爹媽媽不肯幫你們辦到，同不許你們弄自鳴鐘同例，所以憤憤地哭了。你們的世界何等廣大！

你們一定想：終天無聊地伏在案上弄筆的爸爸，終天悶悶地坐在窗下弄引線的媽媽，是何等無氣性的奇怪的動物！你們所視為奇怪動物的我與你們的母親，有時確實難為了你們，摧殘了你們，回想起來，真是不安心得很！

阿寶！有一晚你拿軟軟[④]的新鞋子，和自己腳上脫下來的鞋子，給凳子的腳穿了，剗[⑤]襪立在地上，得意地叫「阿寶兩隻腳，凳子四隻腳」的時候，你母親喊着「齷齪了襪子」，立刻擒你到藤榻上，動手毀壞你的創作。當你蹲在榻上注視你母親動手毀壞的時候，你的小心裏一定感到「母親這種人，何等殺風景而野蠻」罷！

　　瞻瞻！有一天開明書店送了幾冊新出版的毛邊《音樂入門》來。我用小刀把書頁一張一張地裁開來，你側着頭，站在桌邊默默地看。後來我從學校回來，你已經在我的書架上拿了一本連史紙[⑥]印的中國裝的《楚辭》，把它裁破了十幾頁，得意地對我說：「爸爸！瞻瞻也會裁了！」瞻瞻！這在你原是何等成功的歡喜，何等得意的作品！卻被我一個驚駭的「哼」字喊得你哭了。那時候你也一定抱怨「爸爸何等不明」罷！

　　軟軟！你常常要弄我的長鋒羊毫，我看見了總是無情地奪脫你。現在你一定輕視我，想道：「你終於要我畫你的畫集的封面！」[⑦]

　　最不安心的，是有時我還要拉一個你們所最怕的陸露沙醫生來，教他用他的大手來摸你們的肚子，甚至用刀來在你

④　軟軟，本名豐寧馨，豐子愷姐姐的女兒，過繼給豐子愷。

⑤　剗（chǎn），此處意為除掉、去掉。

⑥　連史紙，亦名「連四紙」、「連泗紙」，原產於福建省邵武，是我國傳統紙中的精品，多用於貴重書籍、碑帖、契文、書畫、扇面等。

⑦　這篇文章是《子愷畫集》（1927年開明書店出版）的代序。《子愷畫集》的封面畫即軟軟所作。

們臂上割幾下，還要教媽媽和漫姑擒住了你們的手腳，捏住了你們的鼻子，把很苦的水灌到你們的嘴裏去。這在你們一定認為是太無人道的野蠻舉動吧！

孩子們！你們果真抱怨我，我倒歡喜；到你們的抱怨變為感激的時候，我的悲哀來了！

我在世間，永沒有逢到像你們樣出肺肝相示的人。世間的人羣結合，永沒有像你們樣的徹底地真實而純潔。最是我到上海去幹了無聊的所謂「事」回來，或者去同不相干的人們做了叫做「上課」的一種把戲回來，你們在門口或車站旁等我的時候，我心中何等慚愧又歡喜！慚愧我為甚麼去做這等無聊的事，歡喜我又得暫時放懷一切地加入你們的真生活的團體。

但是，你們的黃金時代有限，現實終於要暴露的。這是我經驗過來的情形，也是大人們誰也經驗過的情形。我眼看見兒時的伴侶中的英雄，好漢，一個個退縮，順從，妥協，屈服起來，到像綿羊的地步。我自己也是如此。「後之視今，亦猶今之視昔」，你們不久也要走這條路呢！

我的孩子們！憧憬於你們的生活的我，痴心要為你們永遠挽留這黃金時代在這冊子裏。然這真不過像「蜘蛛網落花」，略微保留一點春的痕跡而已。且到你們懂得我這片心情的時候，你們早已不是這樣的人，我的畫在世間已無可印證了！這是何等可悲哀的事啊！

《子愷畫集》代序，一九二六年耶誕節 [8]

---

[8] 耶誕節，即聖誕節。

憶 兒 時

◗ 導讀

　　本文原載於 1927 年 6 月 10 日《小說月報》第 18 卷第
6 號。

　　文章寫了兒時的三件事：養蠶、中秋賞月和釣魚。

　　作者寫養蠶是按照時間順序寫的：先是「蠶落地鋪」，然後
是「蠶上山」，最後是「採繭，做絲」。中間穿插了「我」在每
個環節的表現：先是跟着採葉的蔣五伯去吃桑葚，回來在屋子裏
「走跳板」，然後是沉悶地守護蠶上山，最後是湊熱鬧吃小點心。
種種童趣躍然紙上。

　　作者寫中秋賞月是以吃蟹為中心，突出的是吃蟹的氛圍。平
時與吃蟹的父親為伴的，是「八仙桌上一盞洋油燈，一把紫砂酒
壺，一隻盛熱豆腐乾的碎瓷蓋碗，一把水煙筒，一本書，桌子角
上一隻端坐的老貓」。中秋時與吃蟹人為伴的，是一輪圓月和一家
老小。於是吃蟹便成了一種藝術。

　　作者寫釣魚，渲染了友情。在王囝囝對「我」的種種關照
中，教「我」釣魚僅是其中之一。作者懷念故鄉的心緒裏，未必
不滲透着他對這種友情的懷念。

　　作者用一種懺悔生靈殺虐的基調把三件事貫通起來。也許，
正因為有了懺悔，記憶才更加深刻吧。

一

我回憶兒時，有三件不能忘卻的事。

第一件是養蠶。那是我五六歲時，我祖母在日的事。我祖母是一個豪爽而善於享樂的人。不但良辰佳節不肯輕輕放過，就是養蠶，也每年大規模地舉行。其實，我長大後才曉得，祖母的養蠶並非專為圖利，葉貴的年頭常要蝕本，然而她歡喜這暮春的點綴，故每年大規模地舉行。我所歡喜的，最初是蠶落地鋪。那時我們的三開間的廳上、地上統是蠶，架着經緯的跳板，以便通行及飼葉。蔣五伯挑了擔到地裏去採葉，我與諸姐跟了去，去吃桑葚。蠶落地鋪的時候，桑葚已很紫而甜了，比楊梅好吃得多。我們吃飽之後，又用一張大葉做一隻碗，採了一碗桑葚，跟了蔣五伯回來。蔣五伯飼蠶，我就以走跳板為戲樂，常常失足翻落地鋪裏，壓死許多蠶寶寶。祖母忙喊蔣五伯抱我起來，不許我再走。然而這滿屋的跳板，像棋盤街一樣，又很低，走起來一點也不怕，真是有趣。這真是一年一度的難得的樂事！所以雖然祖母禁止，我總是每天要去走。

蠶上山之後，全家靜默守護，那時不許小孩子們吵了，我暫時感到沉悶。然過了幾天要採繭，做絲，熱鬧的空氣又濃起來了。我們每年照例請牛橋頭七娘娘來做絲。蔣五伯每天買枇杷和軟糕來給採繭、做絲、燒火的人吃。大家似乎以為現在是辛苦而有希望的時候，應該享受這點心，都不客氣地取食。我也無功受祿地天天吃多量的枇杷與軟糕，這又是樂事。

七娘娘做絲休息的時候，捧了水煙筒，伸出她左手上的短少半段的小指給我看，對我說，做絲的時候，絲車後面是萬萬不可走近去的，她的小指，便是小時候不留心被絲車軸棒軋脫的。她又說：「小囝囝不可走近絲車後面去，只管坐在我身旁，吃枇杷，吃軟糕。還有做絲做出來的蠶蛹，叫媽媽油炒一炒，真好吃哩！」然而我始終不要吃蠶蛹，大概是我爸爸和諸姐不要吃的原故。我所樂的，只是那時候家裏的非常的空氣。日常固定不動的堂窗、長台、八仙椅子，都收拾去，而變成不常見的絲車、匾、缸；又不斷地公然地可以吃小食。

　　絲做好後，蔣五伯口中唱着「要吃枇杷，來年蠶罷」，收拾絲車，恢復一切陳設。我感到一種興盡的寂寥。然而對於這種變換，倒也覺得新奇而有趣。

　　現在我回憶這兒時的事，真是常常使我神往！祖母、蔣五伯、七娘娘和諸姐，都像童話裏的人物了。且在我看來，他們當時這劇的主人公便是我。何等甜美的回憶！只是這劇的題材，現在我仔細想想覺得不好：養蠶做絲，在生計上原是幸福的，然其本身是數萬的生靈的殺虐！所謂飼蠶，是養犯人；所謂繅絲，是施炮烙！原來當時這種歡樂與幸福的背景，是生靈的虐殺！早知如此，我決計不要吃他們的桑葚，枇杷，和軟糕了。近來讀《西青散記》，看到裏面有兩句仙人的詩句：「自織藕絲衫子嫩，可憐辛苦赦春蠶。」[1]安得人

① 　《西青散記》，筆記小說，清史震林（1692—1778）著。

間也發明織藕絲的絲車，而盡赦天下的春蠶的性命！

我七歲上祖母死了②，我家不復養蠶。不久父親與諸姐弟相繼死亡，家道衰落了，我的幸福的兒時也過去了。因此這件回憶，一面使我永遠神往，一面又使我永遠懺悔。

二

第二件不能忘卻的事，是父親的中秋賞月，而賞月之樂的中心，在於吃蟹。

我的父親中了舉人之後，科舉就廢，他無事在家，每天吃酒，看書。他不要吃羊牛豬肉，而歡喜用魚蝦之類。而對於蟹，尤其歡喜。自七八月起直到冬天，父親平日的晚酌規定吃一隻蟹，一碗隔壁豆腐店裏買來的開鍋熱豆腐乾。他的晚酌，時間總在黃昏。八仙桌上一盞洋油燈，一把紫砂酒壺，一隻盛熱豆腐乾的碎瓷蓋碗，一把水煙筒，一本書，桌子角上一隻端坐的老貓，這印象在我腦中非常深，到現在還可以清楚地浮現出來。我在旁邊看，有時他給我一隻蟹腳或半塊豆腐乾。然我歡喜蟹腳。蟹的味道真好，我們五六個姊妹兄弟，都歡喜吃，也是為了父親歡喜吃的原故。只有母親與我們相反，歡喜吃肉，而不歡喜又不會吃蟹，吃的時候常常被蟹螯上刺刺開手指，出血，而且抉剔得很不乾淨，父親常常說她是外行。父親說：吃蟹是風雅的事，吃法也要內行才懂得。先折蟹腳，後開蟹斗……腳上的拳頭（即關節）

---

② 豐子愷祖母卒於 1902 年 12 月，當時他四歲。

裏的肉怎樣可以吃乾淨，臍裏的肉怎樣可以剔出⋯⋯腳爪可以當作剔肉的針⋯⋯蟹螯上的骨可以拼成一隻很好看的蝴蝶⋯⋯父親吃蟹真是內行，吃得非常乾淨。所以陳媽媽說：「老爺吃下來的蟹殼，真是蟹殼。」

蟹的儲藏所，就在天井角裏的缸裏。經常總養着五六隻。到了七夕，七月半，中秋，重陽等節候上，缸裏的蟹就滿了，那時我們都有得吃，而且每人得吃一大隻，或一隻半。尤其是中秋一天，興致更濃。在深黃昏，移桌子到隔壁的白場^③上的月光下面去吃。更深人靜，明月底下只有我們一家的人，恰好圍成一桌，此外只有一個供差使的紅英坐在旁邊。談笑，看月，他們——父親和諸姐——直到月落時光，我則半途睡去，與父親和諸姐不分而散。

這原是為了父親嗜蟹，以吃蟹為中心而舉行的。故這種夜宴，不僅限於中秋，有蟹的節季裏的月夜，無端也要舉行數次。不過不是良辰佳節，我們少吃一點，有時兩人分吃一隻。我們都學父親，剝得很精細，剝出來的肉不是立刻吃的，都積受在蟹斗裏，剝完之後，放一點薑醋，拌一拌，就作為下飯的菜，此外沒有別的菜了。因為父親吃菜是很省的，且他說蟹是至味。吃蟹時混吃別的菜餚，是乏味的。我們也學他，半蟹斗的蟹肉，過兩碗飯還有餘，就可得父親的稱讚，又可以白口吃下餘多的蟹肉，所以大家都勉勵節省。現在回想那時候，半條蟹腿肉要過兩大口飯，這滋味真是

③　白場，作者家鄉方言，意為場地。

名家散文必讀・豐子愷——

好！自父親死了以後，我不曾再嚐這種好滋味。現在，我已經自己做父親，況且已茹素，當然永遠不會再嚐這滋味了。唉！兒時歡樂，何等使我神往！

然而這一劇的題材，仍是生靈的殺虐！當時我們一家團欒之樂的背景，是殺生。我曾經做了殺生者的一分子，以承父親的歡娛。血食，原是數千年來一般人的習慣，然而殘殺生靈，尤其是殘殺生靈來養自己的生命，快自己的口腹，反求諸人類的初心，總是不自然的，不應該的。文人有贊詠吃蟹的，例如甚麼「右手持螯，左手持杯」，甚麼「秋深蟹正肥」，作者讀者，均因於習慣，讚歎其風雅。倘質諸初心，殺蟹而持其螯，見蟹肥而起殺心，有甚麼美，而值得在詩文中贊詠呢？

因此這件回憶，一面使我永遠神往，一面又使我永遠懺悔。

三

第三件不能忘卻的事，是與隔壁豆腐店裏的王囝囝的交遊，而這交遊的中心，在於釣魚。

那是我十二三歲時的事。隔壁豆腐店裏的王囝囝是當時我的小伴侶中的大阿哥。他是獨子，他的母親、祖母和大伯，都很疼愛他，給他很多的錢和玩具，而且每天放任他在外遊玩。他家與我家貼鄰而居。我家的人們每天赴市，必須經過他家的豆腐店的門口，兩家的人們朝夕相見，互相來往。小孩子們也朝夕相見，互相來往。此外他家對於我家似乎還有一種鄰人以上的深切的交誼，故他家的人對於我特別

要好，他的祖母常常拿自產的豆腐乾、豆腐衣等來送給我父親下酒。同時在小伴侶中，王囝囝也特別和我要好。他的年紀比我大，氣力比我好，生活比我豐富，我們一道遊玩的時候，他時時引導我，照顧我，猶似長兄對於幼弟。我們有時就在我家的染坊店裏的榻上談笑，有時相偕出遊。他的祖母每次看見我倆一同玩耍，必叮囑囝囝好好看待我，勿要相罵。我聽人說，他家似乎曾經患難，而我父親曾經幫他們忙，所以他家大人們吩咐王囝囝照應我。

我起初不會釣魚，是王囝囝教我的。他叫他大伯買兩副釣竿，一副送我，一副他自己用。他到米桶裏去捉許多米蟲，浸在盛水的罐頭裏，領了我到木場橋頭去釣魚。他教給我看，先捉起一個米蟲來，把釣鈎由蟲尾穿進，直穿到頭部。然後放下水去。他又說：「浮珠一動，你要立刻拉，那麼鈎子鈎住魚的顎，魚就逃不脫。」我照他所教的試驗，果然第一天釣了十幾頭白條，然而都是他幫我拉釣竿的。

第二天，他手裏拿了半罐頭撲殺的蒼蠅。又來約我去釣魚。途中他對我說：「不一定是米蟲，用蒼蠅釣魚更好。魚歡喜吃蒼蠅！」這一天我們釣了一小桶各種的魚。回家的時候他把魚桶送到我家裏，說他不要。我母親就叫紅英去煎一煎，給我下晚飯。

自此以後，我只管歡喜釣魚。不一定要王囝囝陪去，自己一人也去釣，又學得了掘蚯蚓來釣魚的方法。而且釣來的魚，不僅夠自己下晚飯，還可送給店裏人吃，或給貓吃。我記得這時候我的熱心釣魚，不僅出於遊戲慾，又有幾分功利的興味在內。有三四個夏季，我熱心於釣魚，給母親省了不

少的菜蔬錢。

後來我長大了，赴他鄉入學，不復有釣魚的工夫。但在書中常常讀到贊詠釣魚的文句，例如甚麼「獨釣寒江雪」，甚麼「羊裘釣叟」，甚麼「漁樵度此身」，才知道釣魚原來是很高雅的事。後來又曉得有所謂「遊釣之地」的美名稱，是形容人的故鄉的。我大受其煽惑，為之大發牢騷：我想，「釣確是雅的，我的故鄉，確是我的遊釣之地，確是可懷的故鄉」。

但是現在想想，不幸而這題材也是生靈的殺虐！王囝囝所照應我的，是教我殺米蟲，殺蒼蠅，以誘殺許多的魚。所謂「羊裘釣叟」，其實是一個穿羊裘的魚的誘殺者；所謂「遊釣之地」，其實就是小時候謀殺魚的地方，想起了應使人寒慄，還有甚麼高雅，甚麼可戀呢？

「殺」，不拘殺甚麼，總是不祥的。我相信，人的吃葷腥，都是掩耳盜鈴。如果眼看見豬的受屠，一定嚥不下一筷肉絲。

殺人的「五卅事件」足以動人的公憤，而殺蠶，殺蟹，殺魚反可有助人的歡娛，同為生靈的人與蠶蟹魚的生命的價值相去何遠呢？

我的黃金時代很短，可懷念的又只有這三件事。不幸而都是殺生取樂，都使我永遠懺悔。

一九二七年梅雨時節

華瞻的日記

導讀

　　本文原載於 1927 年 6 月 10 日《小說月報》第 18 卷第 6 號。

　　這兩篇「日記」為我們揭開了一個小孩子豐富的內心世界。這個小孩子有自己的「同志的朋友」，相處得非常愉快。可讓他萬分困惑的是，他的愉快總是被大人們沒有任何理由地粗暴打斷。讓他困惑的事情還有很多：他對玩具和花籃的要求總是得不到滿足，他和鄰居小朋友的交往總是被大家取笑，他的爸爸有時候會被一個陌生的麻子欺負……在他小小的心看來，這都是不可解的現象，而且大家好像根本都沒有要跟他解釋一下的意願。所以他感到了寂寞，他只能用哭來表達對這個複雜的世界的抗議。可是，仔細想想，該困惑的究竟是這個世界裏的大人，還是這個小孩子呢？

　　華瞻是豐子愷的兒子的名字，很顯然這兩篇有趣的日記是父親代兒子寫成的。一個大人竟然能把小孩子的心理揣摩得這樣逼真。《孟子》中說「大人者，不失其赤子之心者也」，意思是能成就大事的人，都保持着像孩童一樣純真的心。如豐子愷者，可謂「大人」也矣。

一

　　隔壁二十三號裏的鄭德菱，這人真好！今天媽媽抱我到門口，我看見她在水門汀[①]上騎竹馬。她對我一笑，我分明看出這一笑是叫我去一同騎竹馬的意思。我立刻還她一笑，表示我極願意，就從母親懷裏走下來，和她一同騎竹馬了。兩人同騎一枝竹馬，我想轉彎了，她也同意；我想走遠一點，她也歡喜；她說讓馬兒吃點草，我也高興；她說把馬兒繫在冬青上，我也覺得有理。我們真是同志和朋友！興味正好的時候，媽媽出來拉住我的手，叫我去吃飯。我說：「不高興。」媽媽說：「鄭德菱也要去吃飯了！」果然鄭德菱的哥哥叫着：「德菱！」也走出來拉住鄭德菱的手去了。我只得跟了媽媽進去。當我們將走進各自的門口的時候，她回頭向我一看，我也回頭向她一看，各自進去，不見了。

　　我實在無心吃飯。我曉得她一定也無心吃飯。不然，何以分別的時候她不對我笑，而且臉上很不高興呢？我同她在一塊，真是說不出的有趣。吃飯何必急急？即使要吃，盡可在空的時候吃。其實照我想來，像我們這樣的同志，天天在一塊吃飯，在一塊睡覺，多好呢？何必分作兩家？即使要分作兩家，反正爸爸同鄭德菱的爸爸很要好，媽媽也同鄭德菱的媽媽常常談笑，盡可你們大人作一塊，我們小孩子作一塊，不更好麼？

　　這「家」的分配法，不知是誰定的，真是無理之極了。

---

① 　水門汀，英語 cement 的音譯，即水泥，本文指水泥地、水泥路之意。

想來總是大人們弄出來的。大人們的無理，近來我常常感到，不止這一端：那一天爸爸同我到先施公司去，我看見地上放着許多小汽車、小腳踏車，這分明是我們小孩子用的；但是爸爸一定不肯給我拿一部回家，讓它許多空擺在那裏。回來的時候，我看見許多汽車停在路旁；我要坐，爸爸一定不給我坐，讓它們空停在路旁。又有一次，娘姨抱我到街裏去，一個捆着許多小花籃胸老太婆，口中吹着笛子，手裏拿着一隻小花籃，向我看，把手中的花籃遞給我；然而娘姨一定不要，急忙抱我走開去。這種小花籃，原是小孩子玩的，況且那老太婆明明表示願意給我，娘姨何以一定叫我不要接呢？娘姨也無理，這大概是爸爸教她的。

我最歡喜鄭德菱。她同我站在地上一樣高，走路也一樣快，心情志趣都完全投合。寶姐姐或鄭德菱的哥哥，有些不近情的態度，我看他們不懂。大概是他們身體長大，稍近於大人，所以心情也稍像大人的無理了。寶姐姐常常要說我「痴」。我對爸爸說，要天不下雨，好讓鄭德菱出來，寶姐姐就用指點着我，說：「瞻瞻痴。」怎麼叫「痴」？你每天不來同我玩耍，夾了書包到學校裏去，難道不是「痴」麼？爸爸整天坐在桌子前，在文章格子上一格一格地填字，難道不是「痴」麼？天下雨，不能出去玩，不是討厭的麼？我要天不要下雨，正是近情合理的要求。我每天晚快[②]聽見你要爸爸開電燈，爸爸給你開了，滿房間就明亮；現在我也

---

② 晚快，作者家鄉方言，意為傍晚。

要爸爸叫天不下雨，爸爸給我做了，晴天豈不也爽快呢？你何以説我「痴」？鄭德菱的哥哥雖然沒有説我甚麼，然而我總討厭他。我們玩耍的時候，他常常板起臉，來拉鄭德菱，説：「赤了腳到人家家裏，不怕難為情！」又説：「吃人家的麵包，不怕難為情！」立刻拉了她去。「難為情」是大人們慣説的話，大人們常常不怕厭氣，端坐在椅子裏，點頭，彎腰，説甚麼「請，請」，「對不起」，「難為情」一類的無聊的話。他們都有點像大人了！

啊！我很少知己！我很寂寞！母親常常説我「會哭」，我哪得不哭呢？

二

今天我看見一種奇怪的現狀：

吃過糖粥，媽媽抱我走到吃飯間裏的時候，我看見爸爸身上披一塊大白布，垂頭喪氣地朝外坐在椅子上，一個穿黑長衫的麻臉的陌生人，拿一把閃亮的小刀，竟在爸爸後頭頸裏用勁地割。啊喲！這是何等奇怪的現狀！大人們的所為，真是越看越稀奇了！爸爸何以甘心被這麻臉的陌生人割呢？痛不痛呢？

更可怪的，媽媽抱我走到吃飯間裏的時候，她明明也看見這爸爸被割的駭人的現狀。然而她竟毫不介意，同沒有看見一樣。寶姐姐夾了書包從天井裏走進來，我想她見了一定要哭。誰知她只叫一聲「爸爸」，向那可怕的麻子一看，就全不經意地到房間裏去掛書包了。前天爸爸自己把手指割開了，他不是大叫「媽媽」，立刻去拿棉花和紗布來麼？今天

這可怕的麻子咬緊了牙齒割爸爸的頭，何以媽媽和寶姐姐都不管呢？我真不解了。可惡的，是那麻子。他耳朵上還夾着一支香煙，同爸爸夾鉛筆一樣。他一定是沒有鉛筆的人，一定是壞人。

後來爸爸挺起眼睛叫我：「華瞻，你也來剃頭，好否？」

爸爸叫過之後，那麻子就抬起頭來，向我一看，露出一顆閃亮的金牙齒來。我不懂爸爸的話是甚麼意思，我真怕極了。我忍不住抱住媽媽的項頸而哭了。這時候媽媽、爸爸和那個麻子說了許多話，我都聽不清楚，又不懂。只聽見「剃頭」、「剃頭」，不知是甚麼意思。我哭了，媽媽就抱我由天井裏走出門外。走到門邊的時候，我偷眼向裏邊一望，從窗縫窺見那麻子又咬緊牙齒，在割爸爸的耳朵了。

門外有學生在拋球，有兵在體操，有火車開去。媽媽叫我不要哭，叫我看火車。我懸念着門內的怪事，沒心情去看風景，只是憑在媽媽的肩上。

我恨那麻子，這一定不是好人。我想對媽媽說，拿棒去打他。然而我終於不說。因為據我的經驗，大人們的意見往往與我相左。他們往往不講道理，硬要我吃最不好吃的「藥」，硬要我做最難當的「洗臉」，或堅不許我弄最有趣的水、最好看的火。今天的怪事，他們對之都漠然，意見一定又是與我相左的。我若提議去打，一定不被贊成。橫豎拗不過他們，算了吧。我只有哭！最可怪的，平常同情於我的弄水弄火的寶姐姐，今天也跳出門來笑我，跟了媽媽說我「痴子」。我只有獨自哭！有誰同情於我的哭呢？

到媽媽抱了我回來的時候，我才仰起頭，預備再看一

看，這怪事怎麼樣了？那可惡的麻子還在否？誰知一跨進牆門檻，就聽見「拍，拍」的聲音。走進吃飯間，我看見那麻子正用拳頭打爸爸的背。「拍，拍」的聲音，正是打的聲音。可見他一定是用力打的，爸爸一定很痛。然而爸爸何以任他打呢？媽媽何以又不管呢？我又哭。媽媽急急地抱我到房間裏，對娘姨講些話，兩人都笑起來，都對我講了許多話。然而我還聽見隔壁打人的「拍，拍」的聲音，無心去聽她們的話。

爸爸不是說過「打人是最不好的事」麼？那一天軟軟不肯給我香煙牌子，我打了她一掌，爸爸曾經罵我，說我不好；還有那一天我打碎了寒暑表，媽媽打了我一下屁股，爸爸立刻抱我，對媽媽說「打不行」。何以今天那麻子在打爸爸，大家不管呢？我繼續哭，我在媽媽的懷裏睡去了。

我醒來，看見爸爸坐在披雅娜 [3] 旁邊，似乎無傷，耳朵也沒有割去，不過頭很光白，像和尚了。我見了爸爸，立刻想起了睡前的怪事，然而他們 —— 爸爸、媽媽等 —— 仍是毫不介意，絕不談起。我一回想，心中非常恐怖又疑惑。明明是爸爸被割項頸，割耳朵，又被用拳頭打，大家卻置之不問，任我一個人恐怖又疑惑。唉！有誰同情於我的恐怖？有誰為我解釋這疑惑呢？

一九二七年初夏

③　披雅娜，英語 piano 的音譯，即鋼琴。

竹 影

◗ **導讀**

本文原載於 1936 年 5 月 25 日《新少年》第 1 卷第 10 期。

寫小孩子的世界是豐子愷的專長。在《竹影》裏，我們再次見識了他這方面的水平。

首先，這篇文章是用小孩子的口氣寫的。從小孩子的視角去看其他小孩子，給文章造成了陌生化的效果，也讓故事更好玩，更有趣味。讀者讀到小孩子們「打電報」的情節，蹲在地上看人影頭上煙氣的情節，是無法不破顏一笑的。

但小孩子的注意力是很分散的，他們很自然就轉向了描地上竹影的活動。這時爸爸恰好出現了，他發表了一大段關於中國畫的議論。這是一個藝術教育的瞬間，它親密無間地揳入了小孩子的遊戲之中，以至於它本身就是一種藝術。這樣的爸爸真不愧是偉大的藝術教育家。

讓人印象深刻的還有兩個小孩子坐等華明的場面。作者寫天黑，「那光一跳一跳地沉下去，非常微細，但又非常迅速而不可挽救」；寫月亮出現以後，「院子裏的光景已由暖色變成寒色」；寫華明的出現，「門口一個黑影出現，好像一隻立起的青蛙兒，向我們跳將過來」。這裏體現了作者敏銳的觀察力和高超的文字技巧。

幾個小伙伴，藉着月光畫竹影，你一筆，我一畫，參參差差，明明暗暗，竟然有幾分中國畫的意味。也許，藝術和美就蘊含在孩子的童稚活動中。你是否有過類似的體驗呢？

吃過晚飯後，天氣還是悶熱。窗子完全打開了，房間裏還坐不牢。太陽雖已落山，天還沒有黑。一種幽暗的光瀰漫在窗際，彷彿電影中的一幕。我和弟弟就搬了藤椅子，到屋後的院子裏去乘涼。

天空好像一盞乏了油的燈，紅光漸漸地減弱。我把眼睛守定西天看了一會，看見那光一跳一跳地沉下去，非常微細，但又非常迅速而不可挽救。正在看得出神，似覺眼梢頭另有一種微光，漸漸地在那裏強起來。回頭一看，原來月亮已在東天的竹葉中間放出她的清光。院子裏的光景已由暖色變成寒色，由長音階（大音階）變成短音階（小音階）了。門口一個黑影出現，好像一隻立起的青蛙，向我們跳將過來。來的是弟弟的同學華明。

「唉，你們愜意得很！這椅子給我坐的？」他不待我們回答，一屁股坐在藤椅上，劇烈地搖他的兩腳。椅子背所靠的那根竹，跟了他的動作而發抖，上面的竹葉作出蕭蕭的聲音來。這引起了三人的注意，大家仰起頭來向天空看。月亮已經升得很高，隱在一叢竹葉中。竹葉的搖動把她切成許多不規則的小塊，閃爍地映入我們的眼中。大家讚美了一番之後，我說：「我們今晚幹些甚麼呢？」弟弟說：「我們談天吧。我先有一個問題給你們猜：細看月亮光底下的人影，頭上出煙氣。這是甚麼道理？」我和華明都不相信，於是大家走出竹林外，蹲下來看水門汀上的人影。我看了好久，

果然看見頭上有一縷一縷的細煙，好像漫畫裏所描寫的動怒的人。「是口裏的熱氣吧？」「是頭上的汗水在那裏蒸發吧？」大家蹲在地上爭論了一會，沒有解決。華明的注意力卻轉向了別處，他從身邊摸出一枝半寸長的鉛筆來，在水門汀上熱心地描寫自己的影。描好了，立起來一看，真像一隻青蛙，他自己看了也要笑。徘徊之間，我們同時發現了映在水門汀上的竹葉的影子，同聲地叫起來：「啊！好看啊！中國畫！」華明就拿半寸長的鉛筆去描。弟弟手癢起來，連忙跑進屋裏去拿鉛筆。我學他的口頭禪喊他：「對起，對起，給我也帶一枝來！」不久他拿了一把木炭來分送我們。華明就收藏了他那半寸長的法寶，改用木炭來描。大家蹲下去，用木炭在水門汀上參參差差地描出許多竹葉來。一面談着：「這一枝很像校長先生房間裏的橫幅呢！」「這一叢很像我家堂前的立軸呢！」「這是《芥子園畫譜》裏的！」「這是吳昌碩的！」忽然一個大人的聲音在我們頭上慢慢地響出來：「這是管夫人的！」大家吃了一驚，立起身來，看見爸爸反背着手立在水門汀旁的草地上看我們描竹，他明明是來得很久了。華明難為情似的站了起來，把拿木炭的手藏在背後，似乎害怕爸爸責備他弄髒了我家的水門汀。爸爸似乎很理解他的意思，立刻對着他說道：「誰想出來的？這畫法真好玩呢！我也來描幾瓣看。」弟弟連忙揀木炭給他。爸爸也蹲在地上描竹葉了，這時候華明方才放心，我們也更加高興，一邊描，一邊拿許多話問爸爸：

「管夫人是誰？」「她是一位善於畫竹的女畫家。她的丈夫名叫趙子昂，是一位善於畫馬的男畫家。他們是元朝人，

是中國很有名的兩大夫妻畫家。」

「馬的確難畫，竹有甚麼難畫呢？照我們現在這種描法，豈不很容易又很好看嗎？」「容易固然容易；但是這麼『依樣畫葫蘆』，終究缺乏畫意，不過好玩罷了。畫竹不是照真竹一樣描，須經過選擇和佈置。畫家選擇竹的最好看的姿態，巧妙地佈置在紙上，然後成為竹的名畫。這選擇和佈置很困難，並不比畫馬容易。畫馬的困難在於馬本身上，畫竹的困難在於竹葉的結合上。粗看竹畫，好像只是墨筆的亂撇，其實竹葉的方向、疏密、濃淡、肥瘦，以及集合的形體，都要講究。所以在中國畫法上，竹是一專門部分。平生專門研究畫竹的畫家也有。」

「竹為甚麼不用綠顏料來畫，而常用墨筆來畫呢？用綠顏料撇竹葉，不更像嗎？」「中國畫不注重『像不像』，不像西洋畫那樣畫得同真物一樣。凡畫一物，只要能表現出像我們閉目回想時所見的一種神氣，就是佳作了。所以西洋畫像照相，中國畫像符號。符號只要用墨筆就夠了。原來墨是很好的一種顏料，它是紅黃藍三原色等量混合而成的。故墨畫中看似只有一色，其實包羅三原色，即包羅世界上所有的顏色。故墨畫在中國畫中是很高貴的一種畫法。故用墨來畫竹，是最正當的。倘然用了綠顏料，就因為太像實物，反而失卻神氣。所以中國畫家不喜歡用綠顏料畫竹；反之，卻喜歡用與綠相反的紅色來畫竹。這叫做『朱竹』，是用筆蘸了朱砂來撇的。你想，世界上哪有紅色的竹？但這時候畫家所描的，實在已經不是竹，而是竹的一種美的姿勢，一種活的神氣，所以不妨用紅色來描。」爸爸說到這裏，丟了手中的

木炭，立起身來結束説：「中國畫大都如此。我們對中國畫應該都取這樣的看法。」

月亮漸漸升高了，竹影漸漸與地上描着的木炭線相分離，現出參差不齊的樣子來，好像脱了版的印刷。夜漸深了，華明就告辭。「明天白天來看這地上描着的影子，一定更好看。但希望天不要落雨，洗去了我們的『墨竹』，大家明天會！」他説着就出去了。我們送他出門。

我回到堂前，看見中堂掛着的立軸 —— 吳昌碩描的墨竹，似覺更有意味。那些竹葉的方向、疏密、濃淡、肥瘦，以及集合的形體，似乎都有意義，表現着一種美的姿態，一種活的神氣。

我的苦學經驗

┃ 導讀

　　文章中作者有意突出了學習的「苦」味。沒有足夠的知識積累而教書，是「苦」的；沒有堅實的經濟基礎而留學，是「苦」的；沒有充足的時間一一研習感興趣的學問，也是「苦」的。種種客觀條件的限制，使作者在師範畢業以後十年的時間裏，僅獲得了十個月正式求學的機會。難怪他要羨慕學校裏閒適的學生了。

　　但是，羨慕之餘，他又不免懷疑。因為說到底，學習是要吃「苦」的。他分別介紹了學外國語和知識學科的方法，而都歸結為「笨功」。既然要用「笨功」，那應該也是「苦」的了。

　　其實，無論是在學校裏，還是自學，「苦」字都是最好的告誡。表面是「苦」，內裏是甘之如飴。

　　豐子愷是中國現代文學史上著名的散文家、翻譯家，也是中國現代藝術史上著名的漫畫家、美術教育家和音樂教育家。聽這樣一位成就斐然的文藝大師給我們講述學習經驗，是特別有啟發意義的。

我於一九一九年，二十二歲的時候，畢業於杭州的浙江省立第一師範學校，這學校是初級師範。我在故鄉的高等小學畢業，考入這學校，在那裏肄業五年而畢業。故這學校的程度，相當於現在的中學校，不過是以養成小學教師為目的的。

但我於暑假時在這初級師範畢業後，既不做小學教師，也不升學，卻就在同年的秋季，來上海創辦專門學校，而做專門科的教師了。這種事情，現在我自己回想想也覺得可笑。但當時自有種種的因緣，使我走到這條路上。因緣者何？因為我是偶然入師範學校的，並不是抱了做小學教師的目的而入師範學校的。（關於我的偶然入師範，現在屬於題外，不便詳述。異日擬另寫一文，以供青年們投考的參考。）故我在校中只是埋頭攻學，並不注意於教育。在四年級的時候，我的興味忽然集中在圖畫上了。甚至拋棄其他一切課業而專習圖畫，或託事請假而到西湖上去作風景寫生。所以我在校的前幾年，學期考試的成績屢列第一名，而畢業時已降至第二十名。因此畢業之後，當然無意於做小學教師，而希望發揮自己所熱衷的圖畫。但我的家境不許我升學而專修繪畫。正在躊躇之際，恰好有同校的高等師範圖畫手工專修科畢業的吳夢非君，和新從日本研究音樂而歸國的舊同學劉質平君，計議在上海創辦一個養成圖畫音樂手工教員的學校，名曰專科師範學校。他們正在招求同人。劉君知道我熱衷於圖畫而又無法升學，就來拉我去幫辦。我也不自量力，貿然地答允了他。於是我就做了專科師範的創辦人之一，而在這學校之中教授西洋畫等課了。這當

然是很勉強的事。我所有關於繪畫的學識，不過在初級師範時偷閒畫了幾幅木炭石膏模型寫生，又在晚上請校內的先生教些日本文，自己向師範學校的藏書樓中借得一部日本明治年間出版的《正則洋畫講義》，從其中窺得一些陳腐的繪畫知識而已。我猶記得，這時候我因為自己只有一點對於石膏模型寫生的興味，故竭力主張「忠實寫生」的畫法，以為繪畫以忠實模寫自然為第一要義。又向學生演說，謂中國畫的不忠於寫實，為其最大的缺點；自然中含有無窮的美，唯能忠實於自然模寫者，方能發見其美。就拿自己在師範學校時放棄了晚間的自修課而私下在圖畫教室中費了十七小時而描成的 Venus [①] 頭像的木炭畫揭示學生，以鼓勵他們的忠實寫生。當一九二〇年的時代，而我在上海的繪畫專門學校中勵行這樣的畫風，現在回想起來，真是閉門造車。然而當時的環境，頗能容納我這種教法。因為當時中國宣傳西洋畫的機關絕少，上海只有一所美術專門學校，專科師範是第二個興起者。當時社會上人士，大半尚未知道西洋畫為何物，或以為美女月份牌就是西洋畫的代表，或以為香煙牌子就是西洋畫的代表。所以在世界上看來我雖然是閉門造車，但在中國之內，我這種教法大可賣野人頭 [②] 呢。但野人頭終於不能常賣，後來我漸漸覺得自己的教法陳腐而有破綻了，因為上海宣傳西洋畫的機關日漸多起來，從東西洋留學歸國的西洋畫

---

① 英語，即維納斯，羅馬神話中愛和美的女神。

② 賣野人頭，上海方言，意為用空話、大話矇騙他人，或以假貨、次貨冒充行騙的欺騙行為。

家也時有所聞了。我又在上海的日本書店內購得了幾冊美術雜誌，從中窺知了一些最近西洋畫界的消息，以及日本美術界的盛況，覺得從前在《正則畫畫講義》中所得的西洋畫知識，實在太陳腐而狹小了。雖然別的繪畫學校並不見有比我更新的教法，歸國的美術家也並沒有甚麼發表，但我對於自己的信用已漸漸喪失，不敢再在教室中揚眉瞬目而賣野人頭了。我懊悔自己冒昧地當了這教師。我在佈置靜物寫生標本的時候，曾為了一隻青皮的橘子而起自傷之念，以為我自己猶似一隻半生半熟的橘子，現在帶着青皮賣掉，給人家當作習畫標本了。我想窺見西洋畫的全豹，我也想到東西洋去留學，做了美術家而歸國。但是我的境遇不許我留學。況且我這時候已經有了妻子。做教師所得的錢，贍養家庭尚且不夠，哪裏來留學的錢呢？經過了許久煩惱的日月，終於決定非赴日本不可。我在專科師範中當了一年半的教師，在一九二一年的早春，向我的姊丈[3]周印池君借了四百塊錢（這筆錢我才於二三年前還他。我很感謝他第一個惠我的同情），就拋棄了家庭，獨自冒險地到東京去了。得去且去，以後的問題以後再説。至少，我用完了這四百塊錢而回國，總得看一看東京美術界的狀況了。

但到了東京之後，就有許多關切的親戚朋友，設法接濟我的經濟。我的岳父給我約了一個一千元的會，按期寄洋錢給我，專科師範的同人吳劉二君，亦各以金錢相遺贈，結果

③　姊丈，即姐夫。

我一共得了約二千塊錢，在東京維持了足足十個月的用度，到了同年的冬季，金盡而返國。這一去稱為留學嫌太短，稱為旅行嫌太長，成了三不像的東西。同時我的生活也是三不像的。我在這十個月內，前五個月是上午到洋畫研究會中去習畫，下午讀日本文。後五個月廢止了日本文，而每日下午到音樂研究會中去學提琴，晚上又去學英文。然而各科都常常請假，拿請假的時間來參觀展覽會，聽音樂會，訪圖書館，看 opera ④，以及遊玩名勝，鑽舊書店，跑夜攤（Yomise ⑤）。因為這時候我已覺悟了各種學問的深廣，我只有區區十個月的求學時間，決不濟事。不如走馬看花，吸呼一些東京藝術界的空氣而回國吧。幸而我對於日本文，在國內時已約略懂得一點，會話也早已學得了幾聲。到東京後，旅舍中喚茶、商店中買物等事，勉強能夠對付。我初到東京的時候，隨了眾同國人入東亞預備學校學習日語，嫌其程度太低，教法太慢，讀了幾個禮拜就輟學。自己異想天開，為了學習日本語的目的，向一個英語學校的初級班報名，每日去聽講兩小時。他們是從 a boy，a dog ⑥ 教起的，所用的英文教本與開明第一英文讀本程度相同。對於英文我已完全懂得，我的目的是要聽這位日本先生怎樣地用日本語來解說我所已懂得的英文，便在這時候偷取日本語會話的訣竅，這異想天開的辦法果然成功了。我在那英語學校裏聽了一個月講，果然於

---

④　英語，即歌劇。

⑤　日語的英語音譯。

⑥　英語，即「一個男孩」、「一隻狗」，指極淺的英文基礎課。

日語會話及聽講上獲得了很多的進步。同時看書的能力也進步起來。本來我只能看《正則洋畫講義》一類的刻板的敍述體文字，現在連《不如歸》和《金色夜叉》（日本舊時很著名的兩部小說）都會讀了。我的對於文學的興味，是從這時候開始的。以後我就為了學習英語的目的而另入一英語學校。我報名入最高的一班，他們教我讀伊爾文的 Sketch Book ⑦。這時候我方才知道英文中有這許多難記的生字（我在師範學校畢業時只讀到《天方夜譚》）。興味一濃，我便嫌先生教得太慢。後來在舊書店裏找到了一冊 Sketch Book 講義錄，內有詳細的註解和日譯文，我確信這可以自修，便輟了學，每晚伏在東京的旅舍中自修 Sketch Book。我自己限定於幾個禮拜之內把此書中所有一切生字抄寫在一張圖畫紙上，把每字剪成一塊塊的紙牌，放在一隻匣子中。每天晚上，像摸數算命一般地向匣子中探摸紙牌，溫習生字。不久生字都記誦，Sketch Book 全部都會讀，而讀起別的英語小說來也很自由了。路上遇見英語學校的同學，詢知道他們只教了全書的幾分之一，我心中覺得非常得意。從此我對於學問相信用機械的方法而下苦功。知識這樣東西，要其能夠於應用，分量原是有限的。我們要獲得一種知識，可以先定一個範圍，立一個預算，每日學習若干，則若干日可以學畢，然後每日切實地實行，非大故不准間斷，如同吃飯一樣。照

名家散文必讀‧豐子愷

⑦　英語，即美國作家華盛頓‧歐文（Washington Irving，1783—1859）的《見聞雜記》。伊爾文是歐文的舊譯。

我當時的求學的勇氣預算起來，要得各種學問都不難：東西洋知名的幾冊文學大作品，我可以克日讀完；德文法文等，我都可以依賴各種自修書而在最短時期內學得讀書的能力；提琴教則本《Homahmn》⑧五冊，我能每日練習四小時而在一年之內學畢；除了繪畫不能硬要進步以外，其餘的學問，在我都可以用機械的用功方法來探求其門徑。然而這都是夢想，我的正式求學的時間只有十個月，能學得幾許的學問呢？我回國之後，回想在東京所得的，只是描了十個月的木炭畫，拉完了三本《Homahmn》，此外又帶了一些讀日本文和讀英文的能力而回國。回國之後，我為了生活和還債，非操職業不可。沒有別的職業可操，只得仍舊做教師。一直做到了今年的秋季。十年來我不斷地在各處的學校中做圖畫音樂或藝術理論的教師。一場重大的傷寒病令我停止了教師的生活。現在蟄居在嘉興的窮巷老屋中，伴着了藥爐茶灶而寫這篇稿子。

故我出了中學以後，正式求學的時期只有可憐的十個月。此後都是非正式的求學，即在教課的餘暇讀幾冊書而已。但我的繪畫音樂的技術，從此日漸荒廢了。因為技術不比別的學問，需要種種的設備，又需要每日不斷的練習時間。研究繪畫須有畫室，研究音樂須有樂器，設備不周就無從用功。停止了幾天，筆法就生疏，手指就僵硬。做教師的人，居處無定，時間又無定，教課準備又忙碌，雖有利用課

---

⑧ 即《霍曼》，小提琴教程。

餘以研究藝術的夢想，但每每不能實行。日久荒廢更甚。我的油畫箱和提琴，久已高擱在書櫥的最高層，其上積着寸多厚的灰塵了。手癢的時候，拿毛筆在廢紙上塗抹，偶然成了那種漫畫。口癢的時候，在口琴上吹奏簡單的旋律，令家裏的孩子們和着了唱歌，聊以慰藉我對於音樂的嗜好。世間與我境遇相似而酷嗜藝術的青年們，聽了我的自述，恐要寒心吧！

　　但我幸而還有一種可以自慰的事，這便是讀書。我的正式求學的十個月，給了我一些閱讀外國文的能力。讀書不像研究繪畫音樂地需要設備，也不像研究繪畫音樂地需要每日不斷的練習。只要有錢買書，空的時候便可閱讀。我因此得在十年的非正式求學期中讀了幾冊關於繪畫、音樂藝術等的書籍，知道了世間的一些些事。我在教課的時候，常把自己所讀過的書譯述出來，給學生們做講義。後來有朋友開書店，我乘機把這些講義稿子交他刊印為書籍，不期地走到了譯著的一條路上。現在我還是以讀書和譯著為生活。回顧我的正式求學時代，初級師範的五年只給我一個學業的基礎，東京的十個月間的繪畫音樂的技術練習已付諸東流。獨有非正式求學時代的讀書，十年來一直隨伴着我，慰藉我的寂寥，扶持我的生活。這真是以前所夢想不到的偶然的結果。我的一生都是偶然的，偶然入師範學校，偶然歡喜繪畫音樂，偶然讀書，偶然譯著，此後正不知還要逢到何種偶然的機緣呢。

　　讀我這篇自述的青年諸君！你們也許以為我的讀書生活是幸運而快樂的；其實不然，我的讀書是很苦的。你們都

是正式求學，正式求學可以堂堂皇皇地讀書，這才是幸運而快樂的。但我是非正式求學，我只能伺候教課的餘暇而偷偷隱隱地讀書。做教師的人，上課的時候當然不能讀書，開議會的時候不能讀書，監督自修的時候也不能讀書，學生課外來問難的時候又不能讀書，要預備明天的教授的時候又不能讀書。擔任了它一小時的功課，便是這學校的先生，便有參加議會、監督自修、解答問難、預備教授的義務；不復為自由的身體，不能隨了讀書的興味而讀書了。我們讀書常被教務所打斷，常被教務所分心，決不能像正式求學的諸君的專一。所以我的讀書，不得不用機械的方法而下苦功，我的用功都是硬做的。

我在學校中，每每看見用功的青年們，閑坐在校園裏的青草地上，或桃花樹下，伴着了蜂蜂蝶蝶、燕燕鶯鶯，手執一卷而用功。我羨慕他們，真像瀟灑的林下之士！又有用功的青年們，擁着綿被高枕而臥在寢室裏的眠牀中，手執一卷而用功。我也羨慕他們，真像耽書的大學問家！有時我走近他們去，借問他們所讀為何書，原來是英文數學或史地理化，他們是在預備明天的考試。這使我更加要羨慕煞了。他們能用這樣輕快閑適的態度而研究這類知識科學的書，豈真有所謂「過目不忘」的神力麼？要是我讀這種書，我非吃苦不可。我須得埋頭在案上，行種種機械的方法而用笨功，以硬求記誦。諸君倘要聽我的笨話，我願把我的笨法子一一説給你們聽。

在我，只有詩歌、小説、文藝，可以閑坐在草上花下或偃臥在眠牀中閱讀。要我讀外國語或知識學科的書，我必須

用笨功。請就這兩種分述之。

第一，我以為要通一國的國語，須學得三種要素，即構成其國語的材料、方法，以及其語言的腔調。材料就是「單語」，方法就是「文法」，腔調就是「會話」。我要學得這三種要素，都非行機械的方法而用笨功不可。

「單語」是一國語的根底。任憑你有何等的聰明力，不記單語決不能讀外國文的書，學生們對於學科要求伴着趣味，但諳記生字極少有趣味可伴，只得勞你費點心了。我的笨法子即如前所述，要讀 Sketch Book，先把 Sketch Book 中所有的生字寫成紙牌，放在匣中，每天摸出來記誦一遍。記牢了的紙牌放在一邊，記不牢的紙牌放在另一邊，以便明天再記。每天溫習已經記牢的字，勿使忘記。等到全部記誦了，然後讀書，那時候便覺得痛快流暢，其趣味頗足以抵償摸紙牌時的辛苦。我想熟讀英文字典，曾統計字典上的字數，預算每天記誦二十個字，若干時日可以記完。但終於未曾實行。倘能假我數年正式求學的日月，我一定已經實行這計劃了。因為我曾仔細考慮過，要自由閱讀一切的英語書籍，只有熟讀字典是最根本的善法。後來我向日本購買一冊《和英根底一萬語》[9]，假如其中一半是我所已知的，則每天記二十個字，不到一年就可記完，但這計劃實行之後，終於半途而廢。阻礙我的實行的，都是教課。記誦《和英根底一萬語》的計劃，現在我還保留在心中，等候實行的機會呢。

⑨　日語中，日本國又稱「大和」，故「和英」即「日英」之意。

我的學習日本語，也是用機械的硬記法。在師範學校時，就在晚上請校中的先生教日語。後來我買了一厚冊的《日語完璧》，把後面所附的分類單語，用前述的方法一一記誦。當時只是硬記，不能應用，且發音也不正確；後來我到了日本，從日本人的口中聽到我以前所硬記的單語，實證之後，我腦際的印象便特別鮮明，不易忘記。這時候的愉快也很可以抵償我在國內硬記時的辛苦。這種愉快使我甘心消受硬記的辛苦，又使我始終確信硬記單語是學外國語的最根本的善法。

關於學習「文法」，我也用機械的笨法子。我不讀文法教科書，我的機械的方法是「對讀」。例如拿一冊英文聖書和一冊中文聖書並列在案頭，一句一句地對讀。積起經驗來，便可實際理解英語的構造和各種詞句的腔調。聖書之外，他種英文名著和名譯，我亦常拿來對讀。日本有種種英和對譯叢書，左頁是英文，右頁是日譯，下方附以註解。我曾從這種叢書得到不少的便利。文法原是本於論理的，只要論理的觀念明白，便不學文法，不分 noun 與 verb[10] 亦可以讀通英文。但對讀的態度當然是要非常認真。需要一句一字地對勘，不解的地方不可輕輕通過，必須明白了全句的組織，然後前進。我相信認真地對讀幾部名作，其功效足可抵得學校中數年英文教科。──這也可說是無福享受正式求學的人的自慰的話；能入學校中受先生教導，當然比自修更為

---

[10]　英語，noun 即名詞，verb 即動詞。

幸福。我也知道入學是幸福的，但我真犯賤，嫌它過於幸福了。自己不費鑽研而袖手聽講，由先生拖長了時日而慢慢地教去，幸福固然幸福了，但求學心切的人怎能耐煩呢？求學的興味怎能不被打斷呢？學一種外國語要拖長許久的時日，我們的人生有幾回可供拖長呢？語言文字，不過是求學問的一種工具，不是學問的本身。學些工具都要拖長許久的時日，此生還來得及研究幾許學問呢？拖長了時日而學外國語，真是俗語所謂「拉得被頭直，天亮了！」我固然無福消受入校正式求學的幸福；但因了這個理由，我也不願消受這種幸福，而寧願獨自來用笨功。

關於「會話」，即關於言語的腔調的學習，我又喜用笨法子。學外國語必須通會話。與外國人對晤當然須通會話，但自己讀書也非通會話不可。因為不通會話，不能體會語言的腔調；腔調是語言的神情所寄託的地方，不能體會腔調，便不能徹底理解詩歌小說戲劇等文學作品的精神。故學外國語必須通會話。能與外國人共處，當然最便於學會話。但我不幸而沒有這種機會，我未曾到過西洋，我又是未到東京時先在國內自習會話的。我的學習會話，也用笨法子，其法就是「熟讀」。我選定了一冊良好而完全的會話書，每日熟讀一課，克期讀完。熟讀的方法更笨，說來也許要惹人笑。我每天自己上一課新書，規定讀十遍。計算遍數，用選舉開票的方法，每讀一遍，用鉛筆在書的下端畫一筆，便湊成一個字。不過所湊成的不是選舉開票用的「正」字，而是一個「讀」字。例如第一天讀第一課，讀十遍，每讀一遍畫一筆，便在第一課下面畫了一個「言」字旁和一個「士」字

頭。第二天讀第二課，亦讀十遍，亦在第二課下面畫一個「言」字和一個「士」字，繼續又把昨天所讀的第一課溫習五遍，即在第一課的下面加了一個「四」字。第三天在第三課下畫一「言」字和「士」字，繼續溫習昨日的第二課，在第二課下面加一「四」字，又繼續溫習前日的第一課，在第一課下面再加了一個「目」字。第四天在第四課下面畫一「言」字和一「士」字，繼續在第三課下加一「四」字，第二課下加一「目」字，第一課下加一「八」字，到了第四天而第一課下面的「讀」字方始完成。這樣下去，每課下面的「讀」字，逐一完成。「讀」字共有二十二筆，故每課共讀二十二遍，即生書讀十遍，第二天溫五遍，第三天又溫五遍，第四天再溫二遍。故我的舊書中，都有鉛筆畫成的「讀」字，每課下面有了一個完全的「讀」字，即表示已經熟讀了。這辦法有些好處：分四天溫習，屢次反覆，容易讀熟。我完全信託這機械的方法，每天像和尚唸經一般地笨讀。但如法讀下去，前面的各課自會逐漸地從我的唇間背誦出來，這在我又感得一種愉快，這愉快也足可抵償笨讀的辛苦，使我始終好笨而不遷。會話熟讀的效果，我於英語尚未得到實證的機會，但於日本語我已經實證了。我在國內時只是笨讀，雖然發音和語調都不正確，但會話的資料已經完備了。故一聽到日本人的說話，就不難就自己所已有的資料而改正其發音和語調，比較到了日本而從頭學起來的，進步快速得多。不但會話，我又常從對讀的名著中選擇幾篇自己所最愛讀的短文，把它分為數段，而用前述的笨法子按日熟

讀。例如 Stevenson[11] 和夏目漱石的作品，是我所最喜熟讀的材料。我的對於外國語的理解，和對於文學作品的理解，都因了這熟讀的方法而增進一些。這益使我始終好笨而不遷了。──以上是我對於外國語的學習法。

第二，對於知識學科的書的讀法，我也有一種見地：知識學科的書，其目的主要在於事實的報告；我們讀史地理化等書，亦無非欲知道事實。凡一種事實，必有一個系統。分門別類，源源本本，然後成為一冊知識學科的書。讀這種書的第一要點，是把握其事實的系統。即讀者也須源源本本地諳記其事實的系統，卻不可從局部着手。例如研究地理，必須源源本本地探求世界共分幾大洲，每大洲有幾國，每國有何種山川形勝等。則讀畢之後，你的頭腦中就攝取了地理的全部學問的梗概，雖然未曾詳知各國各地的細情，但地理是甚麼樣一種學問，我們已經知道了。反之，若不從大處着眼，而孜孜從事於局部的記憶，即使你能背誦喜馬拉雅山高幾尺，尼羅河長幾里，也只算一種零星的知識，卻不是研究地理。故把握系統，是讀知識學科的書籍的第一要點。頭腦清楚而記憶力強大的人，凡讀一書，能處處注意其系統，而在自己的頭腦中分門別類，作成井然的條理；雖未看到書中詳敍細事的地方，亦能知道這詳敍位在全系統中哪一門哪一類哪一條之下，及其在全部中重要程度如何。這彷彿在讀者

---

⑪　英語，即斯蒂文森（Robert Louis Stevenson，1850—1894），英國小説家、詩人。

的頭腦中畫出全書的一覽表，我認為這是知識書籍的最良的讀法。

但我的頭腦沒有這樣清楚，我的記憶力沒有這樣強大。我的頭腦中地位狹窄，畫不起一覽表來。倘教我閒坐在草上花下或偃臥在眠牀中而讀知識學科的書，我讀到後面便忘記前面。終於弄得條理不分，心煩意亂，而讀書的趣味完全滅殺了。所以我又不得不用笨法子。我可用一本 notebook⑫ 來代替我的頭腦，在 notebook 中畫出全書的一覽表。所以我讀書非常吃苦，我必須準備了 notebook 和筆，埋頭在案上閱讀。讀到綱領的地方，就在 notebook 上列表，讀到重要的地方，就在 notebook 上摘要。讀到後面，又須時時翻閱前面的摘記，以明此章此節在全體中的位置。讀完之後，我便拋開書籍，把 notebook 上的一覽表溫習數次。再從這一覽表中摘要，而在自己的頭腦中畫出一個極簡單的一覽表。於是這部書總算讀過了。我凡讀知識學科的書，必須用 notebook 摘錄其內容的一覽表。所以十年以來，積了許多的 notebook，經過了幾次遷居損失之後，現在的廢書架上還留剩着半尺多高的一堆 notebook 呢。

我沒有正式求學的福分，我所知道於世間的一些些事，都是從自己讀書而得來的；而我的讀書，都須用上述的機械的笨法子。所以看見閒坐在青草地上，桃花樹下，伴着了蜂蜂蝶蝶、燕燕鶯鶯而讀英文數學教科書的青年學生，或擁着

⑫　英語，即筆記本。

綿被高枕而臥在眠牀中讀史地理化教科書的青年學生，我羨慕得真要懷疑！

一九三〇年十一月十三日於嘉興

學畫回憶

導讀

　　文中「我」偷着畫畫的場面，讓人想起魯迅的名作《從百草園到三味書屋》：「先生讀書入神的時候，於我們是很相宜的。有幾個便用紙糊的盔甲套在指甲上做戲。我是畫畫兒，用一種叫作『荊川紙』的，蒙在小說的繡像上一個個描下來，像習字時候的影寫一樣。」看來那個年代的私塾裏，不少小畫家都背着老師做類似的勾當。

　　作者學畫的過程非常有趣，尤其讓人忍俊不禁的是文章對小孩子心理的描寫。比如當年描摹柳柳州畫像的心理：「大概是為了他高舉兩臂作大笑狀，好像父親打呵欠的模樣，所以特別感興味吧。」比如他被先生預約作畫，開始是「受寵若驚」，繼而「心頭一陣發悶」，裝上了「一肚皮心事」。還有面對老媽子的重託，「心中卻有些兒着慌」，然後去偷師學藝。一方面是聲譽漸高，一方面是心中打鼓，卻又要硬撐場面，這是特別滑稽、可愛的。

　　作者涉筆成趣，誰能說虛榮心不是向上的車輪呢？

我七八歲時入私塾，先讀《三字經》，後來又續《千家詩》。《千家詩》每頁上端有一幅木版畫，記得第一幅畫的是一隻大象和一個人，在那裏耕田，後來我知道這是二十四孝中的大舜耕田圖。但當時並不知道畫的是甚麼意思，只覺得看上端的畫，比讀下面的「雲淡風輕近午天」有趣。我家開着染坊店，我向染匠司務討些顏料來，溶化在小盅子裏，用筆蘸了為書上的單色畫着色，塗一隻紅象，一個藍人，一片紫地，自以為得意。但那書的紙不是道林紙[①]，而是很薄的中國紙，顏色塗在上面的紙上，滲透了下面好幾層。我的顏料筆又吸得飽，透得更深。等得着好色，翻開書來一看，下面七八頁上，都有一隻紅象、一個藍人和一片紫地，好像用三色版套印的。

第二天上書的時候，父親 —— 就是我的先生 —— 就罵，幾乎要打手心；被母親不知大姐勸住了，終於沒有打。我哭了一頓，把顏料盅子藏在扶梯底下了。晚上，等到父親上鴉片館去了，我再向扶梯底下取出顏料盅子，叫紅英 —— 管我的女僕 —— 到店堂裏去偷幾張煤頭紙[②]來，就在扶梯底下的半桌上的洋油燈底下描色彩畫。畫一個紅人，一隻藍狗，一間紫房子…… 這些畫的最初的鑒賞者，便是紅英。後來母親和諸姐也看到了，她們都說「好」；可是我沒有給父親看，防恐挨罵。

---

① 道林紙，原指二十世紀二十年代由香港的英商道林公司傳入上海的印刷紙，後來成為印刷紙的代名詞。

② 煤頭紙，以前專門用來給煤引火的紙，也特指用來給水煙筒引火的紙。

　　後來，我在父親曬書的時候，我看到了一部人物畫譜，裏面花樣很多，便偷偷地取出了，藏在自己的抽斗裏。晚上，又偷偷地拿到扶梯底下的半桌上去給紅英看。這回不想再在書上着色；卻想照樣描幾幅看，但是一幅也描不像。虧得紅英想工[3]好，教我向習字簿上撕下一張紙來，印着了描。記得最初印着描的是人物譜上的柳柳州[4]像。當時第一次印描沒有經驗，筆上墨水吸得太飽，習字簿上的紙又太薄，結果描是描成了，但原本上滲透了墨水，弄得很齷齪，曾經受大姐的責罵。這本書至今還存在，我曬舊書時候還翻出這個弄齷齪了的柳柳州像來看：穿着很長的袍子，兩臂高高地向左右伸起，仰起頭作大笑狀。但周身都是斑斕的墨點，便是我當日印上去的。回思我當日首先就印這幅畫的原因，大概是為了他高舉兩臂作大笑狀，好像父親打呵欠的模樣，所以特別感興味吧。後來，我的「印畫」的技術漸漸進步。大約十二三歲的時候（父親已經去世，我在另一私塾讀書了），我已把這本人物譜統統印全。所用的紙是雪白的連史紙，而且所印的畫都着色。着色所用的顏料仍舊是染坊裏的，但不復用原色。我自己會配出各種間色來，在畫上施以複雜華麗的色彩，同塾的學生看了都很歡喜，大家說：「比原本上的好看得多！」而且大家問我討畫，拿去貼在灶間裏，當作灶君菩薩；或者貼在牀前，當作新年裏買的「花紙兒」。

---

③　想工，作者家鄉方言，意為想辦法。

④　柳柳州，即柳宗元（773—819），字子厚，唐代文學家、思想家，「唐宋八大家」之一，因終於柳州刺史任上，又稱柳柳州。

那時候我們在私塾中弄畫，同在現在社會裏抽鴉片一樣，是不敢公開的。我好像是一個土販或私售燈吸的，同學們好像是上了癮的鴉片鬼，大家在暗頭裏作勾當。先生在館的時候，我們的畫具和畫都藏好，大家一搖一擺地讀《幼學》書。等到下午，照例一個大塊頭來拖先生出去吃茶了，我們便拿出來弄畫。我先一幅幅地印出來，然後一幅幅地塗顏料。同學們便像看病時向醫生掛號一樣，依次認定自己所欲得的畫。得畫的人對我有一種報酬，但不是稿費或潤筆，而是種種玩意兒：金鈴子一對連紙匣；挖空老菱殼一隻，可以加上繩子去當作陀螺抽的；「雲」字順治銅錢一枚（有的順治銅錢，後面有一個字，字共二十種。我們兒時聽大人說，積得了一套，用繩編成寶劍形狀，掛在牀上，夜間一切鬼都不敢走近來。但其中，好像是「雲」字，最不易得；往往為缺少此一字而編不成寶劍。故這種銅錢在當時的我們之間是一種貴重的贈品）；或者銅管子（就是當時炮船上用的後膛槍子彈的殼）一個。有一次，兩個同學為交換一張畫，意見衝突，相打起來，被先生知道了。先生審問之下，知道相打的原因是為畫；追求畫的來源，知道是我所作，便厲聲喊我走過去。我料想是吃戒尺了，低着頭不睬，但覺得手心裏火熱了。終於先生走過來了。我已嚇得魂不附體；但他走到我的座位旁邊，並不拉我的手，卻問我：「這畫是不是你畫的？」我回答一個「是」字，預備吃戒尺了。他把我的身體拉開。抽開我的抽斗，搜查起來。我的畫譜、顏料，以及印好而未着色的畫，就都被他搜出。我以為這些東西全被沒收了；結果不然，他但把畫譜拿了去，坐在自己的椅子上一

張一張地觀賞起來。過了好一會，先生旋轉頭來叱一聲：
「讀！」大家朗朗地讀：「混沌初開，乾坤始奠……」這件
案子便停頓了。我偷眼看先生，見他把畫譜一張一張地翻
下去，一直翻到底。放假[5]的時候我挾了書包走到他面前去
作一個揖，他換了一種與前不同的語氣對我說：「這書明天
給你。」

　明天早上我到塾，先生翻出畫譜中的孔子像，對我
說：「你能照這樣子畫一個大的麼？」我沒有防到先生也會
要我畫起畫來，有些「受寵若驚」的感覺，支吾地回答說
「能」。其實我向來只是「印」，不能「放大」。這個「能」
字是被先生的威嚴嚇出來的。說出之後心頭發一陣悶，好像
一塊大石頭吞在肚裏了。先生繼續說：「我去買張紙來，你
給我放大了畫一張，也要着色彩的。」我只得說「好」。同
學們看見先生要我畫畫了，大家裝出驚奇和羨慕的臉色，對
着我看。我卻帶着一肚皮心事，直到放假。

　放假時我挾了書包和先生交給我的一張紙回家，便去
向大姐商量。大姐教我，用一張畫方格子的紙，套在畫譜的
書頁中間。畫譜紙很薄，孔子像就有經緯格子範圍着了。大
姐又拿縫紉用的尺和粉線袋給我在先生交給我的大紙上彈
了大方格子，然後向鏡箱中取出她畫眉毛用的柳條枝來，燒
一燒焦，教我依方格子放大的畫法。那時候我們家裏還沒有
鉛筆和三角板、米突尺，我現在回想大姐所教我的畫法，其
聰明實在值得佩服。我依照她的指導，竟用柳條枝把一個孔

---

⑤　放假，指放學。

子像的底稿描成了；同畫譜上的完全一樣，不過大得多，同我自己的身體差不多大。我伴着了熱烈的興味，用毛筆勾出線條；又用大盆子調了多量的顏料，着上色彩，一個鮮明華麗而偉大的孔子像就出現在紙上。店裏的夥計，作坊裏的司務，看見了這幅孔子像，大家說：「出色！」還有幾個老媽子，尤加熱烈地稱讚我的「聰明」，並且說：「將來哥兒給我畫個容像，死了掛在靈前，也沾些風光。」我在許多夥計、司務和老媽子的盛稱聲中，儼然成了一個小畫家。但聽到老媽子要託我畫容像，心中卻有些兒着慌。我原來只會「依樣畫葫蘆」的。全靠那格子放大的槍花[6]，把書上的小畫改成為我的「大作」；又全靠那顏色的文飾，使書上的線描一變而為我的「丹青」。格子放大是大姐教我的，顏料是染匠司務給我的，歸到我自己名下的工作，仍舊只有「依樣畫葫蘆」。如今老媽子要我畫容像，說「不會畫」有傷體面；說「會畫」將來如何兌現？且置之不答，先把畫繳給先生去。先生看了點頭。次日畫就粘貼在堂名匾下的板壁上。學生們每天早上到塾，兩手捧着書包向它拜一下；晚上散學，再向它拜一下。我也如此。

自從我的「大作」在塾中的堂前發表以後，同學們就給我一個綽號「畫家」。每天來訪先生的那個大塊頭看了畫，點點頭對先生說：「可以。」這時候學校初興，先生忽然要把我們的私塾大加改良了。他買一架風琴來，自己先練習幾天，然後教我們唱「男兒第一志氣高，年紀不妨小」的歌。

---

[6] 作者家鄉方言中有「掉槍花」的說法，意為耍手段。

又請一個朋友來教我們學體操。我們都很高興。有一天，先生呼我走過去，拿出一本書和一大塊黃布來，和藹地對我說：「你給我在黃布上畫一條龍，」又翻開書來，繼續説，「照這條龍一樣。」原來這是體操時用的國旗。我接受了這命令，只得又去向大姐商量；再用老法子把龍放大，然後描線、塗色。但這回的顏料不是從染坊店裏拿來，是由先生買來的鉛粉、牛皮膠和紅、黃、藍各種顏色。我把牛皮膠煮溶了，加入鉛粉，調製各種不透明的顏料，塗到黃布上，同西洋中世紀的 fresco [7] 畫法相似。龍旗畫成了，就被高高地張在竹竿上，引導學生通過市鎮，到野外去體操。此後我的「畫家」名譽更高；而老媽子的畫像也催促得更緊了。

我再向大姐商量。她説二姐丈會畫肖像，叫我到他家去「偷關子」。我到二姐丈家，果然看見他們有種種特別的畫具：玻璃九宮格、擦筆 [8]、Conté [9]、米突尺、三角板。我向二姐丈請教了些畫法，借了些畫具，又借了一包照片來，作為練習的範本。因為那時我們家鄉地方沒有照相館，我家裏沒有可用玻璃格子放大的四寸半身照片。回家以後，我每天一放學就埋頭在擦筆照相畫中。這是為了老媽子的要求而「抱佛腳」的；可是她沒有照相，只有一個人。我的玻璃格子不能罩到她的臉上去，沒有辦法給她畫像。天下事有會巧妙

---

⑦　英語，即壁畫。

⑧　擦筆，用毛邊紙、宣紙或其他質地鬆軟的紙，捲成鉛筆粗細的紙卷，用刀片削出筆尖的形狀，在繪畫的明暗處使用，表現中間色、暗部。

⑨　法語，一種蠟筆。

地解決的。大姐在我借來的一包樣本中選出某老婦人的一張照片來，說：「把這個人的下巴改尖些，就活像我們的老媽子了。」我依計而行，果然畫了一幅八九分像的肖像畫，外加在擦筆上面塗以漂亮的淡彩：粉紅色的肌肉，翠藍色的上衣，花帶鑲邊；耳朵上外加掛上一雙金黃色的珠耳環。老媽子看見珠耳環，心花盛開，即使完全不像，也說「像」了。自此以後，親戚家死了人我就有差使——畫容像。活着的親戚也拿一張小照來叫我放大，掛在廂房裏；預備將來可現成地移掛在靈前。我十七歲出外求學，年假、暑假回家時還常常接受這種義務生意。直到我十九歲時，從先生學了木炭寫生畫，讀了美術的論著，方才把此業拋棄。到現在，在故鄉的幾位老伯伯和老太太之間，我的擦筆肖像畫家的名譽依舊健在；不過他們大都以為我近來「不肯」畫了，不再來請教我。前年還有一位老太太把她的新死了的丈夫的四寸照片寄到我上海的寓所來，哀求地託我寫照。此道我久已生疏，早已沒有畫具，況且又沒有時間和興味。但無法對她說明，就把照片送到照相館裏，託他們放大為二十四寸的，寄了去。後遂無問津者。

假如我早得學木炭寫生畫，早得受美術論著的指導，我的學畫不會走這條崎嶇的小徑。唉，可笑的回憶，可恥的回憶，寫在這裏，給學畫的人作借鏡吧。

一九三四年二月

伯豪之死

◗ 導讀

　　本文原載於 1929 年 11 月 10 日《小説月報》第 20 卷第 11 號。

　　作者是帶着一種慚愧的口吻悼念好友伯豪的。他説：「他那時候雖然只有十七八歲，已具有深刻冷靜的腦筋，與卓絕不凡的志向，處處見得他是一個頭腦清楚而個性強明的少年。我那時候真不過是一個年幼無知的小學生，胸中了無一點志向，眼前沒有自己的路，只是因襲與傳統的一個忠僕，在學校中猶之一架隨人運轉的用功的機器。」所以文章在回憶兩人交往時，時刻不忘拿自己來和好友對比，而不是只泛泛地講對方怎麼怎麼樣。這樣作者選擇事例就有了一個標準，而文章也就有了一個主線。不掩人善，這也説明作者的謙虛。

　　但是伯豪的求學之路還是終止了。作者惋惜自己「少了一個私淑的同學，雖然仍舊戰戰兢兢地度送我的恐懼而服從的日月，然而一種對於學校的反感，對於同學的嫌惡，和對於學生生活的厭倦，在我胸中日漸堆積起來了」。

　　但是伯豪在社會上過得並不如意。他為生活奔波，英年早逝。在文章結尾處，作者將他在學校的感歎推廣到人世，這樣，伯豪的死尤顯沉痛。

伯豪是我十六歲時在杭州師範學校的同班友。他與我同年被取入這師範學校。這一年取入的預科新生共八十餘人，分為甲乙兩班。不知因了甚麼妙緣，我與他被同編在甲班。那學校全體學生共有四五百人，共分十班。其自修室的分配，不照班次，乃由舍監先生的旨意而混合編排，故每一室二十四人中，自預科至四年級的各班學生都含有。這是根據了聯絡感情，切磋學問等教育方針而施行的辦法。

我初入學校，頗有人生地疏，舉目無親之慨。我的領域限於一個被指定的座位。我的所有物盡在一隻抽斗內。此外都是不見慣的情形與不相識的同學 —— 多數是先進山門的老學生。他們在縱談，大笑，或吃餅餌。有時用奇妙的眼色注視我們幾個新學生，又向伴侶中講幾句我們所不懂的，暗號的話，似譏諷又似嘲笑。我枯坐着覺得很不自然。望見斜對面有一個人也枯坐着，看他的模樣也是新生。我就開始和他說話，他是我最初相識的一個同學，他就是伯豪，他的姓名是楊家雋，他是餘姚人。

自修室的樓上是寢室。自修室每間容二十四人，寢室每間只容十八人，而人的分配上順序相同。這結果，猶如甲乙丙丁的天干與子丑寅卯的地支的配合，逐漸相差，同自修室的人不一定同寢室。我與伯豪便是如此，我們二人的眠牀隔一堵一尺厚的牆壁。當時我們對於眠牀的關係，差不多只限於睡覺的期間。因為寢室的規則，每晚九點半鐘開了總門，十點鐘就熄燈。學生一進寢室，須得立刻鑽進眠牀中。明天六七點鐘寢室總長就吹着警笛，往來於長廊中，把一切學生從眠牀中吹出，立刻鎖閉總門。自此至晚間九點半的整

日間，我們的歸宿之處，只有半隻書桌（自修室裏兩人合用一書桌）和一隻板椅子的座位。所以我們對於這甘美的休息所的眠牀，覺得很可戀；睡前雖然只有幾分鐘的光明，我們不肯立刻鑽進眠牀中，而總是湊集幾個朋友來坐在牀沿上談笑一回，寧可暗中就寢。我與伯豪不幸隔斷了一堵牆壁，不能聯榻談話，我們常常走到房門外面的長廊中，靠在窗沿上談話。有時一直談到熄燈之後，周圍的沉默顯著地襯出了我們的談話聲的時候，伯豪口中低唱着「眾人皆睡，而我們獨醒」而和我分手，各自暗中就寢。

伯豪的年齡比我稍大一些，但我已記不清楚。我現在回想起來，他那時候雖然只有十七八歲，已具有深刻冷靜的腦筋，與卓絕不凡的志向，處處見得他是一個頭腦清楚而個性強明的少年。我那時候真不過是一個年幼無知的小學生，胸中了無一點志向，眼前沒有自己的路，只是因襲與傳統的一個忠僕，在學校中猶之一架隨人運轉的用功的機器。我的攀交伯豪，並不是能賞識他的器量，僅為了他是我最初認識的同學。他的不棄我，想來也是為了最初相識的原故，決不是有所許於我 —— 至多他看我是一個本色的小孩子，還肯用功，所以歡喜和我談話而已。

這些談話使我們的交情漸漸深切起來了。有一次我曾經對他說起我的投考的情形。我說：「我此次一共投考了三個學校，第一中學，甲種商業，和這個師範學校。」他問我：「為甚麼考了三個？」我率然地説道：「因為我膽小呀！恐怕不取，回家不是倒黴？我在小學校裏是最優等第一名畢業的；但是到這種大學校裏來考，得知取不取呢？幸而還

好，我在商業取第一名，中學取第八名，此地取第三名。」
「那麼你為甚麼終於進了這裏？」「我的母親去同我的先生商量，先生說師範好，所以我就進了這裏。」伯豪對我笑了。我不解他的意思，反而自己覺得很得意。後來他微微表示輕蔑的神氣，説道：「這何必呢！你自己應該抱定宗旨！那麼你的來此不是誠意的，不是自己有志向於師範而來的。」我沒有回答。實際，當時我心中只知道有母命，師訓，校規；此外全然不曾夢到甚麼自己的宗旨，誠意，志向。他的話刺激了我，使我忽然悟到了自己：最初是驚悟自己的態度的確不誠意，其次是可憐自己的卑怯，最後覺得剛才對他誇耀我的應試等第，何等可恥！我究竟已是一個應該自覺的少年了。他的話促成了我的自悟。從這一天開始，我對他抱了畏敬之念。

　　他對於學校所指定而全體學生所服從的宿舍規則，常抱不平之念。他有一次對我説：「我們不是人，我們是一羣雞或鴨。朝晨放出場，夜裏關進籠。」又當晚上九點半鐘，許多學生擠在寢室總門口等候寢室總長來開門的時候，他常常説：「放犯人了！」但當時我們對於寢室的啟閉，電燈的開關，都視同天的曉夜一般，是絕對不容超越的定律；寢室總長猶之天使，有不可侵犯的威權，誰敢存心不平或口出怨言呢？所以他這種話，不但在我只當作笑話，就是公佈於全體四五百同學中，也決不會有甚麼影響。我自己尤其是一個絕對服從的好學生。有一天下午我身上忽然發冷，似乎要發瘧了。但這是寢室總門嚴閉的時候，我心中連「取衣服」的念頭都不起，只是倦伏在座位上。伯豪詢知了我的情形，問

我：「為甚麼不去取衣？」我答道：「寢室總門關着！」他說：「哪有此理！這裏又不真果是牢獄！」他就代我去請求寢室總長開門，給我取出了衣服、棉被，又送我到調養室去睡。在路上他對我說：「你不要過於膽怯而只管服從，凡事只要有道理。我們認真是兵或犯人不成？」

有一天上課，先生點名，叫到「楊家雋」，下面沒有人應到，變成一個休止符。先生問級長：「楊家雋為甚麼又不到？」級長說：「不知。」先生怒氣沖沖地說：「他又要無故缺課了，你去叫他。」級長像差役一般，奉旨去拿犯人了。我們全體四十餘人肅靜地端坐着，先生臉上保住了怒氣，反綁了手，立在講台上，滿堂肅靜地等候着要犯的拿到。不久，級長空手回來說：「他不肯來。」四十幾對眼睛一時射集於先生的臉上，先生但從鼻孔中落出一個「哼」字，拿鉛筆在點名冊上恨恨地一圈，就翻開書，開始授課。我們間的空氣越加嚴肅，似乎大家在猜慮這「哼」字中含有甚麼法寶。

下課以後，好事者都擁向我們的自修室來看楊伯豪。大家帶着好奇的又憐憫的眼光，問他：「為甚麼不上課？」伯豪但翻弄桌上的《昭明文選》，笑而不答。有一個人真心地忠告他：「你為甚麼不說生病呢？」伯豪按住了《文選》回答道：「我並不生病，哪裏可以說謊。」大家都一笑走開了。後來我去泡茶，途中看見有一簇人包圍着我們的級長，在聽他說甚麼話。我走近人叢旁邊，聽見級長正在說：「點名冊上一個很大的圈餅……」又說：「學監差人來叫他去……」有幾個聽者伸一伸舌頭。後來我聽見又有人說：

「將來……留級，説不定開除……」另一個聲音説：「還要追繳學費呢……」我不知道究竟「哼」有甚麼作用，大圈餅有甚麼作用，但看了這興論紛紛的情狀，心中頗為伯豪擔憂。

這一天晚上我又同他靠在長廊中的窗沿上説話了。我為他擔了一天心，懇意地勸他：「你為甚麼不肯上課？聽説點名冊上你的名下畫了一個大圈餅。説不定要留級，開除，追繳學費呢！」他從容地説道：「那先生的課，我實在不要上了。其實他們都是怕點名冊上的圈餅和學業分數操行分數而勉強去上課的，我不會幹這種事。由他甚麼都不要緊。」「你這怪人，全校找不出第二個！」「這正是我之所以為我！」

「……」

楊家雋的無故缺課，不久名震於全校，大家認為這是一大奇特的事件，教師中也個個注意到。伯豪常常受舍監學監的召喚和訓斥。但是伯豪怡然自若。每次被召喚，他就決然而往，笑嘻嘻地回來。只管向藏書樓去借《史記》、《漢書》等，凝神地誦讀。只有我常常替他擔心，不久，年假到了。學校對他並沒有表示甚麼懲罰。

第二學期，伯豪依舊來校，但看他初到時似乎很不高興。我們在杭州地方已漸漸熟悉。時值三春，星期日我同他二人常常到西湖的山水間去遊玩。他的遊興很好，而且辦法也特別。他説：「我們遊西湖，應該無目的地漫遊，不必指定地點。疲倦了就休息。」又説：「遊西湖一定要到無名的地方！眾人所不到的地方。」他領我到保俶塔旁邊的山巔上，雷峯塔後面的荒野中。我們坐在無人跡的地方，一面看

雲，一面嚼麵包。臨去的時候，他拿出兩個銅板來放在一塊大巖石上，說下次來取它。過了兩三星期，我們重遊其地，看見銅板已經發青，照原狀放在石頭上，我們何等喜歡讚歎！他對我說：「這裏是我們的錢庫，我們以天地為室廬。」我當時雖然仍是一個庸愚無知的小學生，自己沒有一點的創見，但對於他這種奇特，新穎而卓拔不羣的舉止言語，亦頗有鑒賞的眼識，覺得他的一舉一動對我都有很大的吸引力，使我不知不覺地傾向他，追隨他。然而命運已不肯再延長我們的交遊了。

我們的體操先生似乎是一個軍界出身的人，我們校裏有百餘支很重的毛瑟槍。負了這種槍而上兵式體操課，是我所最怕而伯豪所最嫌惡的事。關於這兵式體操，我現在回想起來背脊上還可以出汗。特別因為我的腿構造異常，臀部不能坐在腳踵上，跪擊時竭力坐下去，疼痛得很，而相差還有寸許，——後來我到東京時，也曾吃這腿的苦，我坐在席上時不能照日本人的禮儀，非箕踞①不可。——那體操先生雖然是兵官出身，幸而不十分兇。看我真果跪不下去，頗能原諒我，不過對我說：「你必須常常練習，跪擊是很重要的。」後來他請了一個助教來，這人完全是一個兵，把我們都當作兵看待。說話都是命令的口氣，而且兇得很。他見我跪擊時比別人高出一段，就不問情由，走到我後面，用腿墊住了我

---

① 箕踞，古人席地而坐，坐時臀部緊挨腳後跟，如果隨意伸開兩腿，像簸箕一樣，就叫箕踞，是一種不拘禮節、傲慢不敬的坐法。

的背部，用兩手在我的肩上盡力按下去。我痛得當不住，連槍連人倒在地上。又有一次他叫「舉槍」，我正在出神想甚麼事，忘記聽了號令，並不舉槍。他厲聲吡我：「第十三！耳朵不生？」我聽了這吡聲，最初的衝動想拿這老毛瑟槍的柄去打脫這兵的頭；其次想拋棄了槍跑走；但最後終於舉了槍。「第十三」這稱呼我已覺得討厭，「耳朵不生？」更是粗惡可憎。但是照當時的形勢，假如我認真打了他的頭或投槍而去，他一定和我對打，或用武力攔阻我，而同學中一定不會有人來幫我。因為這雖然是一個兵，但也是我們的師長，對於我們也有扣分，記過，開除，追繳學費等權柄。這樣太平的世界，誰肯為了我個人的事而犯上作亂，冒自己的險呢！我充分看出了這形勢，終於忍氣吞聲地舉了槍，幸而伯豪這時候已久不上體操課了，沒有討着這兵的氣。

不但如此，連別的一切他所不歡喜的課都不上了。同學的勸導，先生的查究，學監舍監的訓誡，絲毫不能動他。他只管讀自己的《史記》、《漢書》。於是全校中盛傳「楊家雋神經病了」。窗外經過的人，大都停了足，裝着鬼臉，窺探這神經病者的舉動。我聽了大眾的輿論，心中也疑慮，「伯豪不要真果神經病了？」

不久暑假到了。散學前一天，他又同我去跑山。歸途上突然對我說：「我們這是最後一次的遊玩了。」我驚異地質問這話的由來，才知道他已決心脫離這學校，明天便是我們的離別了。我的心緒非常紊亂：我驚訝他的離去的匆遽，可惜我們的交遊的告終，但想起了他在學校裏的境遇，又慶幸他從此可以解脫了。

是年秋季開學，校中不復有伯豪的影蹤了。先生們少了一個贅累，同學們少了一個笑柄，學校似乎比前安靜了些。我少了一個私淑的同學，雖然仍舊戰戰兢兢地度送我的恐懼而服從的日月，然而一種對於學校的反感，對於同學的嫌惡，和對於學生生活的厭倦，在我胸中日漸堆積起來了。

　　此後十五年間，伯豪的生活大部分是做小學教師。我對他的交情，除了我因謀生之便而到餘姚的小學校裏去訪問他一二次之外，止於極疏的通信。信中也沒有甚麼話，不過略敍近狀，及尋常的問候而已。我知道在這十五年間，伯豪曾經結婚，有子女，為了家庭的負擔而在小學教育界奔走求生，輾轉任職於餘姚各小學校中。中間有一次曾到上海某錢莊來替他們寫信，但不久仍歸於小學教師。我二月十二日結婚的那一年，他做了幾首賀詩寄送我。我還記得其第一首是：「花好花朝日，月圓月半天。鴛鴦三日後，渾不羨神仙。」抵制日本的那一年，他有喻扶桑的《叱蚊》四言詩寄送我，其最初的四句是：「嗟爾小蟲，胡不自量？人能伏龍，爾乃與抗！……」又記得我去訪問他的時候，談話之間，我何等驚歎他的志操的彌堅與風度的彌高，此外又添上了一層沉着！我心中湧起種種的回想，不期地說出：「想起從前你與我同學的一年中的情形，……真是可笑！」他搖着頭微笑，後來他歎一口氣，說道：「現在何嘗不可笑呢；我總是這個我。……」他下課後，陪我去遊餘姚的山。途中他突然對我說道：「我們再來無目的地漫跑？」他的臉上忽然現出一種夢幻似的笑容。我也努力喚回兒時的心情，裝作歡喜贊成。然而這熱烈的興采的出現真不過片刻，過後仍舊只

有兩條為塵勞所傷的疲乏的軀幹，極不自然地移行在山腳下的小路上。彷彿一隻久已死去而還未完全冷卻的鳥，發出一個最後的顫動。

今年的暮春，我忽然接到育初[2]寄來的一張明片：「子愷兄：楊君伯豪於十八年三月十二日上午四時半逝世。特此奉聞。范育初白。」後面又有小字附註：「初以其夫人分娩，僱一傭婦，不料此傭婦已患喉痧在身，輾轉傳染，及其子女。以致一女（九歲）一子（七歲）相繼死亡。伯豪憂傷之餘，亦罹此疾，遂致不起。痛哉！知兄與彼交好，故為縷述之。又及。」我讀了這明片，心緒非常紊亂：我驚訝他的死去的匆遽；可惜我們的塵緣的告終；但想起了在世的境遇，又慶幸他從此可以解脫了。

後來舜五也來信，告訴我伯豪的死耗，並且發起為他在餘姚教育會開追悼會，徵求我的弔唁。澤民[3]從上海回餘姚去辦伯豪的追悼會。我准擬託他帶一點挽祭的聯額去掛在伯豪的追悼會中，以結束我們的交情。但這實在不能把我的這紊亂的心緒整理為韻文或對句而作為伯豪的靈前的裝飾品，終於讓澤民空手去了。伯豪如果有靈，我想他不會責備我的不弔，也許他嫌惡這追悼會，同他學生時代的嫌惡分數與等第一樣。

世間不復有伯豪的影蹤了。自然界少了一個贅累，人類

---

[2]　育初，即范育初，豐子愷在浙江省立第一師範學校就讀時的同學。

[3]　澤民，即沈澤民（1902—1933），沈雁冰（茅盾）之弟。

界少了一個笑柄，世間似乎比從前安靜了些。我少了這個私
淑的朋友，雖然仍舊戰戰兢兢地在度送我的恐懼與服從的日
月，然而一種對於世間的反感，對於人類的嫌惡，和對於生
活的厭倦，在我胸中日漸堆積起來了。

一九二九年七月二十四日於緣緣堂

我 的 母 親

◖ **導讀**

本文原載於 1948 年 9 月中國文化館香港分館出版的《我的母親》一書。

「我的母親坐在我家老屋的西北角裏的八仙椅子上，眼睛裏發出嚴肅的光輝，口角上表出慈愛的笑容。」這是這篇文章的主旋律。

作者首先詳盡地解釋了母親坐在西北角八仙椅子上的原因。這個不安穩，不便利，不清靜，不衛生的所在，母親之所以安之若素，是因為其位置的重要。那麼，選擇始終坐在這裏的母親，在整個家庭裏的位置也就是重要的。

文章接下來是對「嚴肅的光輝」和「慈愛的笑容」的不斷複寫。告誡「我」立身處世的道理，詢問「我」學業的進展時，她是嚴肅的；關照「我」的飲食起居，歡迎「我」假期回家時，她是慈愛的。她是慈母，也是嚴父。她的嚴肅中飽含慈愛，她的慈愛中不乏嚴肅。「我」感謝她的慈愛，畏懼她的嚴肅。抓住慈愛與嚴肅這兩點，不需多麼華麗的文字，作者就已把一位偉大的母親呈現在讀者面前。

兩個詞，勝過千言萬語。

中國文化館要我寫一篇《我的母親》，並寄我母親的照片一張。照片我有一張四寸的肖像，一向掛在我的書桌的對面。已有放大的掛在堂上，這一張小的不妨送人。但是《我的母親》一文從何處説起呢？看看母親的肖像，想起了母親的坐姿。母親生前沒有攝取坐像的照片，但這姿態清楚地攝入在我腦海中的底片上，不過沒有曬出。現在就用筆墨代替顯影液和定影液，把我母親的坐像曬出來吧：

　　我的母親坐在我家老屋的西北角裏的八仙椅子上，眼睛裏發出嚴肅的光輝，口角上表出慈愛的笑容。

　　老屋的西北角裏的八仙椅子，是母親的老位子。從我小時候直到她逝世前數月，母親空下來總是坐在這把椅子上，這是很不舒服的一個座位：我家的老屋是一所三開間的樓廳，右邊是我的堂兄家，左邊一間是我的堂叔家，中央一間是我家。但是沒有板壁隔開，只拿在左右的兩排八仙椅子當作三份人家的界限。所以母親坐的椅子，背後凌空。若是沙發椅子，三面有柔軟的厚壁，凌空原無妨礙。但我家的八仙椅子是木造的，坐板和靠背成九十度角，靠背只是疏疏的幾根木條，其高只及人的肩膀。母親坐着沒處擱頭，很不安穩。母親又防椅子的腳擺在泥土上要黴爛，用二三寸高的木座子襯在椅子腳下，因此這隻八仙椅子特別高，母親坐上去兩腳須得掛空，很不便利。所謂西北角，就是左邊最裏面的一隻椅子。這椅子的裏面就是通過退堂的門。退堂裏就是灶間。母親坐在椅子上向裏面顧，可以看見灶頭。風從裏面吹出的時候，煙灰和油氣都吹在母親身上，很不衛生。堂前隔着三四尺闊的一條天井便是牆門。牆外面便是我們的染坊

店。母親坐在椅子裏向外面望，可以看見雜遝往來的顧客，聽到沸翻盈天的市井聲，很不清靜。但我的母親一身坐在我家老屋西北角裏的這樣不安穩，不便利，不衛生，不清靜的一隻八仙椅子上，眼睛裏發出嚴肅的光輝，口角上表出慈愛的笑容。母親為甚麼老是坐在這樣不舒服的椅子裏呢？因為這位子在我家中最為衝要。母親坐在這位子裏可以顧到灶上，又可以顧到店裏。母親為要兼顧內外，便顧不到座位的安穩不安穩，便利不便利，衛生不衛生，和清靜不清靜了。

我四歲時，父親中了舉人，同年祖母逝世，父親丁艱①在家，鬱鬱不樂，以詩酒自娛，不管家事，丁艱終而科舉廢，父親就從此隱遁。這期間家事店事，內外都歸母親一個兼理。我從書堂出來，照例走向坐在西北角裏的椅子上的母親的身邊，向她討點東西吃吃。母親口角上表出慈愛的笑容，伸手除下掛在椅子頭頂的「餓殺貓籃」②，拿起餅餌給我吃；同時眼睛裏發出嚴肅的光輝，給我幾句勉勵。

我九歲的時候，父親遺下了母親和我們姐弟六人，薄田數畝和染坊店一間而逝世。我家內外一切責任全部歸母親負擔。此後她坐在那椅子上的時間越加多了。工人們常來坐在裏面的凳子上，同母親談家事；店夥們常來坐在外面的椅子上，同母親談店事；父親的朋友和親戚鄰人常來坐在對面的

---

① 丁艱，即丁憂，也稱丁家艱。古制，朝廷官員的父母去世，此人須立即回祖籍守制二十七個月。

② 「餓殺貓籃」，一種用細篾製、四周有孔的有蓋竹籃，菜碗放此籃中，貓吃不到，故名。

椅子上，同母親交涉或應酬。我從學堂裏放假回家，又照例走向西北角裏的椅子邊，同母親討個銅板。有時這四班人同時來到，使得母親招架不住，於是她用眼睛的嚴肅的光輝來命令，警戒，或交涉；同時又用了口角上的慈愛的笑容來勸勉，撫愛，或應酬。當時的我看慣了這種光景，以為母親是天生成坐在這隻椅子上的，而且天生成有四班人向她纏繞不清的。

我十七歲離開母親，到遠方求學。臨行的時候，母親眼睛裏發出嚴肅的光輝，誡告我待人接物求學立身的大道；口角上表出慈愛的笑容，關照我起居飲食一切的細事。她給我準備學費，她給我置備行李，她給我製一罐豬油炒米粉，放在我的網籃裏；她給我做一個小線板，上面插兩隻引線放在我的箱子裏，然後送我出門。放假歸來的時候，我一進店門，就望見母親坐在西北角裏的八仙椅子上。她歡迎我歸家，口角上表了慈愛的笑容，她探問我的學業，眼睛裏發出嚴肅的光輝。晚上她親自上灶，燒些我所愛吃的菜蔬給我吃，燈下她詳詢我的學校生活，加以勉勵，教訓，或責備。

我廿二歲畢業後，赴遠方服務，不克依居母親膝下，唯假期歸省。每次歸家，依然看見母親坐在西北角裏的椅子上，眼睛裏發出嚴肅的光輝，口角上表出慈愛的笑容。她像賢主一般招待我，又像良師一般教訓我。

我三十歲時，棄職歸家，讀書著述奉母，母親還是每天坐在西北角裏的八仙椅子上，眼睛裏發出嚴肅的光輝，口角上表出慈愛的笑容。只是她的頭髮已由灰白漸漸轉成銀白了。

　　我三十三歲時，母親逝世。我家老屋西北角裏的八仙椅子上，從此不再有我母親坐着了。然而我每逢看見這隻椅子的時候，腦際一定浮出母親的坐像 —— 眼睛裏發了嚴肅的光輝，口角上表出慈愛的笑容。她是我的母親，同時又是我的父親。她以一身任嚴父兼慈母之職而訓誨我撫養我，我從呱呱墜地的時候直到三十三歲，不，直到現在。陶淵明[3]詩云：「昔聞長者言，掩耳每不喜。」我也犯這個毛病；我曾經全部接受了母親的慈愛，但不會全部接受她的訓誨。所以現在我每次在想像中瞻望母親的坐像，對於她口角上的慈愛的笑容覺得十分感謝，對於她眼睛裏的嚴肅的光輝，覺得十分恐懼。這光輝每次給我以深刻的警惕和有力的勉勵。

民國二十六（1937）年二月二十八日

---

[3]　陶淵明（約 365 — 427），字元亮，因宅邊有五棵柳樹，號五柳先生，東晉末期南朝宋初期詩人、文學家。

懷李叔同[①]先生

▌導讀

　　如所周知，豐子愷是李叔同先生的弟子。如所周知，李叔同先生是中國現代史上一位奇人。弟子懷念奇人，卻平平無奇──他輕輕拈出「認真」二字，總結了奇人的一生。

　　文章先展示了一幅溫馨的課讀圖。作者用充滿感情的筆觸，為我們描繪了李叔同先生「溫而厲」的老師的形象。結論是：「李先生一生的最大特點是『認真』。他對於一件事，不做則已，要做就非做得徹底不可。」這樣就引起了下文。

　　文章記述了李叔同先生的一生，看似波瀾壯闊，而經作者用「認真」加以解釋，總是異常貼切，讓讀者信服。

　　仁者見之謂之仁，智者見之謂之智。豐子愷把這樣一個奇人老師，講得這樣平平無奇，是因為他自己能穿透世俗的煙塵，直指老師精神的精髓。這樣的老師，這樣的學生，令人神往。

---

① 李叔同（1880─1942），即弘一法師，中國新文化運動的先驅，卓越的藝術家、教育家、思想家、革新家，一代佛教大師。

　　距今二十九年前，我十七歲的時候，最初在杭州的浙江省立第一師範學校裏見到李叔同先生，即後來的弘一法師。那時我是預科生，他是我們的音樂教師。我們上他的音樂課時，有一種特殊的感覺：嚴肅。搖過預備鈴，我們走向音樂教室，推進門去，先吃一驚：李先生早已端坐在講台上。以為先生總要遲到而嘴裏隨便唱着、喊着，或笑着、罵着而推進門去的同學，吃驚更是不小。他們的唱聲、喊聲、笑聲、罵聲以門檻為界限而忽然消滅。接着是低着頭，紅着臉，去端坐在自己的位子裏。端坐在自己的位子裏偷偷地仰起頭來看看，看見李先生的高高的瘦削的上半身穿着整潔的黑布馬褂，露出在講桌上，寬廣得可以走馬的前額，細長的鳳眼，隆正的鼻樑，形成威嚴的表情。扁平而闊的嘴脣兩端常有深渦，顯示和愛的表情。這副相貌，用「溫而厲」三個字來描寫，大概差不多了。講桌上放着點名簿、講義，以及他的教課筆記簿、粉筆。鋼琴衣解開着，琴蓋開着，譜表擺着，琴頭上又放着一隻時錶，閃閃的金光直射到我們的眼中。黑板（是上下兩塊可以推動的）上早已清楚地寫好本課內所應寫的東西（兩塊都寫好，上塊蓋着下塊，用下塊的把上塊推開）。在這樣佈置的講台上，李先生端坐着。坐到上課鈴響出（後來我們知道他這脾氣，上音樂課必早到。故上課鈴響時，同學早已到齊），他站起身來，深深地一鞠躬，課就開始了。這樣地上課，空氣嚴肅得很。

　　有一個人上音樂課時不唱歌而看別的書，有一個人上音樂課時吐痰在地板上，以為李先生不看見的，其實他都知道。但他不立刻責備，等到下課後，他用很輕而嚴肅的聲音

鄭重地説：「某某等一等出去。」於是這位某某同學只得站着。等到別的同學都出去了，他又用輕而嚴肅的聲音向這某某同學和氣地説：「下次上課時不要看別的書。」或者：「下次痰不要吐在地板上。」説過之後他微微一鞠躬，表示：「你出去罷。」出來的人大都臉上發紅。又有一次下音樂課，最後出去的人無心把門一拉，碰得太重，發出很大的聲音。他走了數十步之後，李先生走出門來，滿面和氣地叫他轉來。等他到了，李先生又叫他進教室來。進了教室，李先生用很輕而嚴肅的聲音向他和氣地説：「下次走出教室，輕輕地關門。」就對他一鞠躬，送他出門，自己輕輕地把門關了。最不易忘卻的，是有一次上彈琴課的時候。我們是師範生，每人都要學彈琴，全校有五六十架風琴及兩架鋼琴。風琴每室兩架，給學生練習用；鋼琴一架放在唱歌教室裏，一架放在彈琴教室裏。上彈琴課時，十數人為一組，環立在琴旁，看李先生範奏。有一次正在範奏的時候，有一個同學放一個屁，沒有聲音，卻是很臭。鋼琴及李先生十數同學全部沉浸在亞莫尼亞[2]氣體中。同學大都掩鼻或發出討厭的聲音。李先生眉頭一皺，管自彈琴（我想他一定屏息着）。彈到後來，亞莫尼亞氣散光了，他的眉頭方才舒展。教完以後，下課鈴響了。李先生立起來一鞠躬，表示散課。散課以後，同學還未出門，李先生又鄭重地宣告：「大家等一等去，還有一句話。」大家又肅立了。李先生又用很輕而嚴肅

---

② 亞莫尼亞，英語 ammonia 的音譯，即氨，有刺激性臭味。

的聲音和氣地説：「以後放屁，到門外去，不要放在室內。」接着又一鞠躬，表示叫我們出去。同學都忍着笑，一出門來，大家快跑，跑到遠處去大笑一頓。

李先生用這樣的態度來教我們音樂，因此我們上音樂課時，覺得比上其他一切課更嚴肅。同時對於音樂教師李叔同先生，比對其他教師更敬仰。那時的學校，首重的是所謂「英、國、算」即英文、國文和算學。在別的學校裏，這三門功課的教師最有權威；而在我們這師範學校裏，音樂教師最有權威，因為他是李叔同先生的原故。

李叔同先生為甚麼能有這種權威呢？不僅為了他學問好，不僅為了他音樂好，主要的還是為了他態度認真。李先生一生的最大特點是「認真」。他對於一件事，不做則已，要做就非做得徹底不可。

他出身於富裕之家，他的父親是天津有名的銀行家。他是第五位姨太太所生。他父親生他時，年已七十二歲。他墜地後就遭父喪，又逢家庭之變，青年時就陪了他的生母南遷上海。在上海南洋公學讀書奉母時，他是一個翩翩公子。當時上海文壇有著名的滬學會，李先生應滬學會徵文，名字屢列第一。從此他就為滬上名人所器重，而交遊日廣，終以「才子」馳名於當時的上海。所以後來他母親死了，他赴日本留學的時候，作一首《金縷曲》，詞曰：「披髮佯狂走。莽中原暮鴉啼徹，幾株衰柳。破碎河山誰收拾，零落西風依舊。便惹得離人消瘦。行矣臨流重太息，説相思刻骨雙紅豆。愁黯黯，濃於酒。漾情不斷淞波溜。恨年年絮飄萍泊，遮難回首。二十文章驚海內，畢竟空談何有！聽匣底蒼龍狂

吼。長夜西風眠不得，度羣生那惜心肝剖。是祖國、忍孤負？」讀這首詞，可想見他當時豪氣滿胸，愛國熱情熾盛。他出家時把過去的照片統統送我，我曾在照片中看見過當時在上海的他：絲絨碗帽，正中綴一方白玉，曲襟背心，花緞袍子。後面掛着胖辮子，底下綴帶紮腳管，雙樑厚底鞋子，頭抬得很高，英俊之氣，流露於眉目間。真是當時上海一等的翩翩公子。這是最初表示他的特性：凡事認真。他立意要做翩翩公子，就徹底地做一個翩翩公子。

　　後來他到日本，看見明治維新的文化，就渴慕西洋文明。他立刻放棄了翩翩公子的態度，改做一個留學生。他入東京美術學校，同時又入音樂學校。這些學校都是模仿西洋的，所教的都是西洋畫和西洋音樂。李先生在南洋公學時英文學得很好；到了日本，就買了許多西洋文學書。他出家時曾送我一部殘缺的原本《莎士比亞全集》，他對我說：「這書我從前細讀過，有許多筆記在上面，雖然不全，也是紀念物。」由此可想見他在日本時，對於西洋藝術全面進攻，繪畫、音樂、文學、戲劇都研究。後來他在日本創辦春柳劇社，糾集留學同志，共演當時西洋著名的悲劇《茶花女》（小仲馬著）。他自己把腰束小，扮作茶花女，粉墨登場。這照片，他出家時也送給我，一向歸我保藏；直到抗戰時為兵火所毀。現在我還記得這照片：捲髮，白的上衣，白的長裙拖着地面，腰身小到一把，兩手舉起托着後頭，頭向右歪側，眉峯緊蹙，眼波斜睨，正是茶花女自傷命薄的神情。另外還有許多演劇的照片，不可勝記。這春柳劇社後來遷回中國，李先生就脫出，由另一班人去辦，便是中國最初的「話

劇」社。由此可以想見，李先生在日本時，是徹頭徹尾的一個留學生。我見過他當時的照片：高帽子、硬領、硬袖、燕尾服、史的克③、尖頭皮鞋，加之長身、高鼻，沒有腳的眼鏡夾在鼻樑上，竟活像一個西洋人。這是第二次表示他的特性：凡事認真。學一樣，像一樣。要做留學生，就徹底的做一個留學生。

他回國後，在上海太平洋報社當編輯。不久，就被南京高等師範請去教圖畫、音樂。後來又應杭州師範之聘，同時兼任兩個學校的課，每月中半個月住南京，半個月住杭州。兩校都請助教，他不在時由助教代課，我就是杭州師範的學生。這時候，李先生已由留學生變為「教師」，這一變，變得真徹底：漂亮的洋裝不穿了，卻換上灰色粗布袍子、黑布馬褂、布底鞋子。金絲邊眼鏡也換了黑的鋼絲邊眼鏡。他是一個修養很深的美術家，所以對於儀表很講究。雖然布衣，卻很稱身，常常整潔。他穿布衣，全無窮相，而另具一種樸素的美。你可想見，他是扮過茶花女的，身材生得非常窈窕。穿了布衣，仍是一個美男子。「淡妝濃抹總相宜」，這詩句原是描寫西子的，但拿來形容我們的李先生的儀表，也很適用。今人侈談「生活藝術化」，大都好奇立異，非藝術的。李先生的服裝，才真可稱為生活的藝術化。他一時代的服裝，表出着一時代的思想與生活。各時代的思想與生活判然不同，各時代的服裝也判然不同。布衣布鞋的李先生，與

③　史的克，英語 stick 的音譯，即手杖。

洋裝時代的李先生、曲襟背心時代的李先生，判若三人。這是第三次表示他的特性：認真。

　　我二年級時，圖畫歸李先生教。他教我們木炭石膏模型寫生。同學一向描慣臨畫，起初無從着手。四十餘人中，竟沒有一個人描得像樣的。後來他範畫給我們看。畫畢把範畫揭在黑板上。同學們大都看着黑板臨摹。只有我和少數同學，依他的方法從石膏模型寫生。我對於寫生，從這時候開始發生興味。我到此時，恍然大悟：那些粉本原是別人看了實物而寫生出來的。我們也應該直接從實物寫生入手，何必臨摹他人，依樣畫葫蘆呢？於是我的畫進步起來。此後李先生與我接近的機會更多。因為我常去請他教畫，又教日本文。以後的李先生的生活，我所知道的較為詳細。他本來常讀性理的書，後來忽然信了道教，案頭常常放着道藏。那時我還是一個毛頭青年，談不到宗教。李先生除繪事外，並不對我談道。但我發見他的生活日漸收斂起來，彷彿一個人就要動身赴遠方時的模樣。他常把自己不用的東西送給我。他的朋友日本畫家大野隆德、河合新藏、三宅克已等到西湖來寫生時，他帶了我去請他們吃一次飯，以後就把這些日本人交給我，叫我引導他們（我當時已能講普通應酬的日本話）。他自己就關起房門來研究道學。有一天，他決定入大慈山去斷食，我有課事，不能陪去，由校工聞玉陪去。數月之後，我去望他。見他躺在牀上，面容消瘦，但精神很好，對我講話，同平時差不多。他斷食共十七日，由聞玉扶起

來，攝一個影，影片上端由聞玉題字：「李息翁[4]先生斷食後之像，侍子聞玉題。」這照片後來製成明信片分送朋友。像的下面用鉛字排印着：「某年月日，入大慈山斷食十七日，身心靈化，歡樂康強──欣欣道人記。」李先生這時候已由「教師」一變而為「道人」了。學道就斷食十七日，也是他凡事「認真」的表示。

但他學道的時候很短。斷食以後，不久他就學佛。他自己對我說，他的學佛是受馬一浮[5]先生指示的。出家前數日，他同我到西湖玉泉去看一位程中和先生。這程先生原來是當軍人的，現在退伍，住在玉泉，正想出家為僧。李先生同他談得很久。此後不久，我陪大野隆德到玉泉去投宿，看見一個和尚坐着，正是這位程先生。我想稱他「程先生」，覺得不合。想稱他法師，又不知道他的法名（後來知道是弘傘）。一時周章得很。我回去對李先生講了，李先生告訴我，他不久也要出家為僧，就做弘傘的師弟。我愕然不知所對。過了幾天，他果然辭職，要去出家。出家的前晚，他叫我和同學葉天瑞、李增庸三人到他的房間裏，把房間裏所有的東西送給我們三人。第二天，我們三人送他到虎跑，我們回來分得了他的「遺產」，再去望他時，他已光着頭皮，穿着僧衣，儼然一位清癯的法師了。我從此改口，稱他為「法師」。法師的僧臘二十四年。這二十四年中，我顛沛流離，

---

④　李息翁，即李叔同。

⑤　馬一浮（1883—1967），本名馬浮，字一浮，浙江人，中國現代思想家，現代新儒家的早期代表人物之一，精通古代哲學、文學及佛學。

他一貫到底，而且修行工夫越進越深。當初修淨土宗⑥，後來又修律宗⑦。律宗是講究戒律的。一舉一動，都有規律，嚴肅認真之極。這是佛門中最難修的一宗。數百年來，傳統斷絕，直到弘一法師方才復興，所以佛門中稱他為「重興南山律宗第十一代祖師」。他的生活非常認真。舉一例說：有一次我寄一卷宣紙去，請弘一法師寫佛號。宣紙多了些，他就來信問我，餘多的宣紙如何處置？又有一次，我寄回件郵票去，多了幾分。他把多的幾分寄還我。以後我寄紙或郵票，就預先聲明：餘多的送與法師。有一次他到我家。我請他藤椅子裏坐。他把藤椅子輕輕搖動，然後慢慢地坐下去。起先我不敢問。後來看他每次都如此，我就啟問。法師回答我說：「這椅子裏頭，兩根藤之間，也許有小蟲伏着。突然坐下去，要把牠們壓死，所以先搖動一下，慢慢地坐下去，好讓牠們走避。」讀者聽到這話，也許要笑。但這正是做人極度認真的表示。

　　如上所述，弘一法師由翩翩公子一變而為留學生，又變而為教師，三變而為道人，四變而為和尚。每做一種人，都做得十分像樣。好比全能的優伶：起青衣像個青衣，起老生像個老生，起大面又像個大面……都是「認真」的原故。

　　現在弘一法師在福建泉州圓寂了。噩耗傳到貴州遵義的時候，我正在束裝，將遷居重慶。我發願到重慶後替法師

---

⑥　淨土宗，佛教宗派之一，因專修往生阿彌陀佛極樂淨土的唸佛法門而得名。淨土信仰是佛教的基本信仰。

⑦　律宗，中國佛教宗派，因着重研習及傳持戒律而得名。

畫像一百幀，分送各地信善，刻石供養。現在畫像已經如願了。我和李先生在世間的師弟塵緣已經結束，然而他的遺訓 —— 認真 —— 永遠銘刻在我心頭。

一九四三年四月，弘一法師圓寂後
一六七日，作於四川五通橋客寓

悼夏丏尊[①]先生

導讀

　　文章悼念的夏先生，是作為教育家的夏先生。選擇這一角度
進行描寫，是作者與逝者的關係使然，也是出於作者的精心選擇。

　　作者有意提到了老教育家的諢名 ——「夏木瓜」，但並無任
何不尊敬的意思，因為這個諢名的得來是由於夏先生「對學生如
對子女，率直開導，不用敷衍、欺矇、壓迫等手段」。看似嚴厲，
實則大有君子之風。那麼，能擁有這個諢號，恰是夏先生的光榮。

　　文章接着舉出了幾件故事來充實這一諢號的內涵，還用李叔同
先生做對比，這樣很自然地得出結論：李先生的教育是「爸爸的教
育」，而夏先生的教育是「媽媽的教育」—— 也就是「愛的教育」。

　　由學校擴大到人世，文章又寫到了夏先生的「多憂善愁」。
因為他是一個熱愛朋友、熱愛國家、熱愛生活的人，家事、國
事、天下事無不掛心。夏先生的憂愁，是他的「愛的教育」的
昇華。

　　夏先生心中有大愛。這種大愛讓文章所有瑣屑的細節都有了
意義。唯其瑣屑，才更有意義。這是散文家的功力。

---

① 夏丏尊（1886—1946），本名夏鑄，字勉旃，後改字丏尊，浙江人，
中國新文化運動的先驅，文學家、教育家。

我從重慶郊外遷居城中，候船返滬。剛才遷到，接得夏丏尊老師逝世的消息。記得三年前，我從遵義遷重慶，臨行時接得弘一法師往生的電報。我所敬愛的兩位教師的最後消息，都在我行旅倥偬的時候傳到。這偶然的事，在我覺得很是蹊蹺。因為這兩位老師同樣的可敬可愛，昔年曾經給我同樣寶貴的教誨；如今噩耗傳來，也好比給我同樣的最後訓示。這使我感到分外的哀悼與警惕。

　　我早已確信夏先生是要死的，同確信任何人都要死的一樣。但料不到如此其速。八年違教，快要再見，而終於不得再見！真是天實為之，謂之何哉！

　　猶憶二十六年秋，盧溝橋事變[②]之際，我從南京回杭州，中途在上海下車，到梧州路去看夏先生。先生滿面憂愁，說一句話，歎一口氣。我因為要乘當天的夜車返杭，匆匆告別。我說：「夏先生再見。」夏先生好像罵我一般憤然地答道：「不曉得能不能再見！」同時又用凝注的眼光，站立在門口目送我。我回頭對他發笑。因為夏先生老是善愁，而我總是笑他多憂。豈知這一次正是我們的最後一面，果然這一別「不能再見了」！

　　後來我扶老攜幼，倉皇出奔，輾轉長沙、桂林、宜山、遵義、重慶各地。夏先生始終住在上海。初年還常通信。自從夏先生被敵人捉去監禁了一回之後，我就不敢寫信給他，

②　盧溝橋事變，即七七事變，1937年7月7日，北京郊區盧溝橋的日本駐軍向中國守軍開火，由此發動全面侵華。

免得使他受累。勝利一到，我寫了一封長信給他。見他回信的筆跡依舊遒勁挺秀，我很高興。字是精神的象徵，足證夏先生精神依舊。當時以為馬上可以再見了，豈知交通與生活日益困難，使我不能早歸；終於在勝利後八個半月的今日，在這山城客寓中接到他的噩耗，也可說是「抱恨終天」的事！

夏先生之死，使「文壇少了一位老將」，「青年失了一位導師」，這些話一定有許多人說，用不着我再講，我現在只就我們的師弟情緣上表示哀悼之情。

夏先生與李叔同先生（弘一法師），具有同樣的才調，同樣的胸懷。不過表面上一位做和尚，一位是居士而已。

猶憶三十餘年前，我當學生的時候，李先生教我們圖畫、音樂，夏先生教我們國文。我覺得這三種學科同樣的嚴肅而有興趣。就為了他們二人同樣的深解文藝的真諦，故能引人入勝。夏先生常説：「李先生教圖畫、音樂，學生對圖畫、音樂，看得比國文、數學等更重。這是有人格作背景的原故。因為他教圖畫、音樂，而他所懂得的不僅是圖畫、音樂；他的詩文比國文先生的更好，他的書法比習字先生的更好，他的英文比英文先生的更好……這好比一尊佛像，有後光，故能令人敬仰。」這話也可説是「夫子自道」。夏先生初任舍監，後來教國文。但他也是博學多能，只除不弄音樂以外，其他詩文、繪畫（鑒賞）、金石、書法、理學、佛典，以至外國文、科學等，他都懂得。因此能和李先生交遊，因此能得學生的心悅誠服。

他當舍監的時候，學生們私下給他起個諢名，叫夏木

瓜。但這並非惡意，卻是好心。因為他對學生如對子女，率直開導，不用敷衍、欺矇、壓迫等手段。學生們最初覺得忠言逆耳，看見他的頭大而圓，就給他起這個諢名。但後來大家都知道夏先生是真愛我們，這綽號就變成了愛稱而沿用下去。凡學生有所請願，大家都說：「同夏木瓜講，這才成功。」他聽到請願，也許暗嗚叱吒地罵你一頓；但如果你的請願合乎情理，他就當作自己的請願，而替你設法了。

他教國文的時候，正是「五四」將近。我們做慣了「太王留別父老書」、「黃花主人致無腸公子書」之類的文題之後，他突然叫我們做一篇「自述」。而且說：「不准講空話，要老實寫。」有一位同學，寫他父親客死他鄉，他「星夜匍伏奔喪」。夏先生苦笑着問他：「你那天晚上真個是在地上爬去的？」引得大家發笑，那位同學臉孔緋紅。又有一位同學發牢騷，讚隱遁，說要「樂琴書以消憂，撫孤松而盤桓」。夏先生厲聲問他：「你為甚麼來考師範學校？」弄得那人無言可對。這樣的教法，最初被頑固守舊的青年所反對。他們以為文章不用古典，不發牢騷，就不高雅。竟有人說：「他自己不會做古文（其實做得很好），所以不許學生做。」但這樣的人，畢竟是少數。多數學生，對夏先生這種從來未有的、大膽的革命主張，覺得驚奇與折服，好似長夢猛醒，恍悟今是昨非。這正是「五四」運動的初步。

李先生做教師，以身作則，不多講話，使學生衷心感動，自然誠服。譬如上課，他一定先到教室，黑板上應寫的，都先寫好（用另一黑板遮住，用到的時候推開來）。然後端坐在講台上等學生到齊。譬如學生還琴時彈錯了，他

舉目對你一看，但說：「下次再還。」有時他沒有說，學生吃了他一眼，自己請求下次再還了。他話很少，說時總是和顏悅色的。但學生非常怕他，敬愛他。夏先生則不然，毫無矜持，有話直說。學生便嬉皮笑臉，同他親近。偶然走過校庭，看見年紀小的學生弄狗，他也要管：「為啥同狗為難！」放假日子，學生出門，夏先生看見了便喊：「早些回來，勿可吃酒啊！」學生笑着連說：「不吃，不吃！」趕快走路。走得遠了，夏先生還要大喊：「銅鈿少用些！」學生一方面笑他，一方面實在感激他，敬愛他。

夏先生與李先生對學生的態度，完全不同。而學生對他們的敬愛，則完全相同。這兩位導師，如同父母一樣。李先生的是「爸爸的教育」，夏先生的是「媽媽的教育」。夏先生後來翻譯的《愛的教育》，風行國內，深入人心，甚至被取作國文教材。這不是偶然的事。

我師範畢業後，就赴日本。從日本回來就同夏先生共事，當教師，當編輯。我遭母喪後辭職閒居，直至逃難。但其間與書店關係仍多，常到上海與夏先生相晤。故自我離開夏先生的絳帳[3]，直到抗戰前數日的訣別，二十年間，常與夏先生接近，不斷地受他的教誨。其時李先生已經做了和尚，芒鞋破體，雲遊四方，和夏先生彷彿是兩個世界的人。但在我覺得仍是以前的兩位導師，不過所導的範圍由學校擴大為人世罷了。

③　絳帳，比喻授業師長或授課處所。

李先生不是「走投無路，遁入空門」的，是為了人生根本問題而做和尚的。他是真正做和尚，他是痛感於眾生疾苦而「行大丈夫事」的。夏先生雖然沒有做和尚，但也是完全理解李先生的胸懷的；他是讚善李先生的行大丈夫事的。只因種種塵緣的牽阻，使夏先生沒有勇氣行大丈夫事。夏先生一生的憂愁苦悶，由此發生。

　　凡熟識夏先生的人，沒有一個不曉得夏先生是個多憂善愁的人。他看見世間的一切不快、不安、不真、不善、不美的狀態，都要皺眉，歎氣。他不但憂自家，又憂友，憂校，憂店，憂國，憂世。朋友中有人生病了，夏先生就皺着眉頭替他擔憂；有人失業了，夏先生又皺着眉頭替他着急；有人吵架了，有人吃醉了，甚至朋友的太太要生產了，小孩子跌跤了……夏先生都要皺着眉頭替他們憂愁。學校的問題，公司的問題，別人都當作例行公事處理的，夏先生卻當作自家的問題，真心地擔憂。國家的事，世界的事，別人當作歷史小說看的，在夏先生都是切身問題，真心地憂愁，皺眉，歎氣。故我和他共事的時候，對夏先生凡事都要講得樂觀些，有時竟瞞過他，免得使他增憂。他和李先生一樣的痛感眾生的疾苦。但他不能和李先生一樣行大丈夫事；他只能憂傷終老。在「人世」這個大學校裏，這二位導師所施的仍是「爸爸的教育」與「媽媽的教育」。

　　朋友的太太生產，小孩子跌跤等事，都要夏先生擔憂。那麼，八年來水深火熱的上海生活，不知為夏先生增添了幾十萬斛的憂愁！憂能傷人，夏先生之死，是供給憂愁材料的社會所致使，日本侵略者所促成的！

　　以往我每逢寫一篇文章，寫完之後總要想：「不知這篇東西夏先生看了怎麼說。」因為我的寫文，是在夏先生的指導鼓勵之下學起來的。今天寫完了這篇文章，我又本能地想：「不知這篇東西夏先生看了怎麼說。」兩行熱淚，一齊沉重地落在這原稿紙上。

　　　　　　　　一九四六年五月一日於重慶客寓

蝌 蚪

導讀

　　幾隻小蝌蚪在作者豐富的內心世界掀起波瀾。孩子們七嘴八舌的提問讓他想到，洋瓷面盆裏的這些小動物，是一種苦悶的象徵。牠們被拋棄在沙漠裏，輾轉掙扎，默默死去，就像「某種生活之下的人的靈魂」。由這些蝌蚪得到解放的事，他又想到被他忘在上海旅館裏的另外四隻小蝌蚪。牠們被拋棄在大都會裏，遠離了天光雲影、青草池塘，生活在鋼筋混凝土的叢林裏。這同樣象徵着「某種生活之下的人的靈魂」。作者推物及人，而落腳在人。一切眾生，都被包容在一顆博大的慈悲心裏了。

　　道理是深刻的，可文字是淺顯的。這篇文章跟作者的其他文章一樣，好像只是把身邊的故事，樸實地表達在紙面上，口氣溫和，文風平淡。但是，讀着讀着，我們很容易就會被作者帶入他所呈現出來的情景中，不自覺地受到感染、熏陶。文字的魔力，真是神奇。

一

　　每度放筆，憑在樓窗上小憩的時候，望下去看見庭中的
花台的邊上，許多花盆的旁邊，並放着一隻印着藍色圖案模
樣的洋瓷面盆。我起初看見的時候，以為是洗衣物的人偶然
寄存着的。在灰色而簡素的花台的邊上，許多形式樸陋的瓦
質的花盆的旁邊，配置一個機械製造而施着近代風圖案的精
巧的洋瓷面盆，繪畫地看來，很不調和。假如眼底展開着的
是一張畫紙，我頗想找塊橡皮來揩去它。

　　一天，二天，三天，洋瓷面盆儘管放在花台的邊上。這
表示它不是偶然寄存，而負着一種使命。晚快憑窗閒眺的時
候，看見放學出來的孩子們聚在牆下拍皮球。我欲知道洋瓷
面盆的意義，便提出來問他們，才知道這面盆裏養着蝌蚪，
是春假中他們向田裏捉來的。我久不來庭中細看，全然沒
有知道我家新近養着這些小動物；又因面盆中那些藍色的圖
案，細碎而繁多，蝌蚪混跡於其間，我從樓窗上望下去，全
然看不出來。蝌蚪是我兒時愛玩的東西，又是學童時代教科
書裏最感興味的東西，說起來可以牽惹種種的回想，我便專
誠下樓來看牠們。

　　洋瓷面盆裏盛着大半盆清水，瓜子大小的蝌蚪十數個。
抖着尾巴，急急忙忙地游來游去，好像在找尋甚麼東西。孩
子們看見我來欣賞他們的作品，大家圍集攏來，得意地把關
於這作品的種種話告訴我：

　　「這是從大井頭的田裏捉來的。」

　　「是清明那一天捉來的。」

「我們用手捧了來的。」

「我們天天換清水的呀。」

「這好像黑色的金魚。」

「這比金魚更可愛！」

「牠們為甚麼不絕地游來游去？」

「牠們為甚麼還不變青蛙？」

他們的疑問把我提醒，我看見眼前這盆玲瓏活潑的小動物，忽然變成了一種苦悶的象徵。

我見這洋瓷面盆彷彿是蝌蚪的沙漠。牠們不絕地游來游去，是為了找尋食物。牠們的久不變成青蛙，是為了不得其生活之所。這幾天晚上，附近田裏蛙鼓的合奏之聲，早已傳達到我的牀裏了。這些蝌蚪倘有耳，一定也會聽見牠們的同類的歌聲。聽到了一定悲傷，每晚在這洋瓷面盆裏哭泣，亦未可知！牠們身上有着泥土水草一般的保護色，牠們只合在有滋潤的泥土、豐肥的青苔的水田裏生活滋長。在那裏有牠們的營養物，有牠們的安息所，有牠們的遊樂處，還有牠們的大羣的伴侶。現在被這些孩子們捉了來，關在這洋瓷面盆裏，四周圍着堅硬的洋鐵，全身浸着淡薄的白水，所接觸的不是同運命的受難者，便是冷酷的琺瑯質。任憑牠們整日急急忙忙地游來游去，終於找不到一種保護牠們、慰安牠們、生息牠們的東西。這在牠們是一片渡不盡的大沙漠。牠們將以幼蟲之身，默默地夭死在這洋瓷面盆裏，沒有成長變化，而在青草池塘中唱歌跳舞的歡樂的希望了。

這是苦悶的象徵，這象徵着某種生活之下的人的靈魂！

二

　　我勸告孩子們：「你們只管把蝌蚪養在洋瓷面盆中的清水裏，牠們不得充分的養料和成長的地方，永遠不能變成青蛙，將來統統餓死在這洋瓷面盆裏！你們不要當牠們金魚看待！金魚原是魚類，可以一輩子長在水裏；蝌蚪是兩棲類動物的幼蟲，牠們盼望長大，長大了要上陸，不能長居水裏。你看牠們急急忙忙的游來游去，找尋食物和泥土，無論如何也找不到，樣子多麼可憐！」

　　孩子們被我這話感動了，顰蹙地向洋瓷面盆裏看。有幾人便問我：「那麼，怎麼好呢？」

　　我說：「最好是送牠們回家——拿去倒在田裏。過幾天你們去探訪，牠們都已變成青蛙，『哥哥，哥哥』地叫你們了。」

　　孩子們都歡喜贊成，就有兩人抬着洋瓷面盆，立刻要送牠們回家。

　　我說：「天將晚了，我們再留牠們一夜，明天送回去吧。現在走到花台裏拿些牠們所歡喜的泥來，放在面盆裏，可以讓牠們吃吃，玩玩。也可以讓牠們知道，我們不再虐待牠們，我們先當作客人款待牠們一下，明天就護送牠們回家。」

　　孩子們立刻去捧泥，紛紛地把泥投進面盆裏去。有的人叫着：「輕輕地，輕輕地！看壓傷了牠們！」

　　不久，洋瓷面盆底裏的藍色的圖案都被泥土遮掩。那些蝌蚪統統鑽進泥裏，一隻也看不見了。一個孩子尋了好久，

鎖着眉頭説：「不要都壓死了？」便伸手到水裏拿開一塊泥來看。但見四個蝌蚪密集在面盆底上的泥的凹洞裏，四個頭湊在一起，尾巴向外放射，好像在那裏共食甚麼東西，或者共談甚麼話。忽然一個蝌蚪搖動尾巴，急急忙忙地游了開去。游到別的一個泥洞裏去一轉，帶了別的一個蝌蚪出來，回到原處。五個人聚在一起，五根尾巴一齊抖動起來，成為五條放射形的曲線，樣子非常美麗。孩子們呀呀地叫將起來。我也暫時忘記了自己的年齡，附和着他們的聲音呀呀地叫了幾聲。

　　隨後就有幾人異口同聲地要求：「我們不要送牠們回家，我們要養在這裏！」我在當時的感情上也有這樣的要求；但覺左右為難，一時沒有話回答他們，躊躇地微笑着。一個孩子恍然大悟地叫道：「好！我們在牆角裏掘一個小池塘，倒滿了水，同田裏一樣，就把牠們養在那裏。牠們大起來變成青蛙，就在牆角裏的地上跳來跳去。」大家拍手説：「好！」我也附和着説：「好！」大的孩子立刻找到種花用的小鋤頭，向牆角的泥地上去墾。不久，墾成了面盆大的一個池塘。大家説：「夠大了，夠大了！」「拿水來，拿水來！」就有兩個孩子扛開水缸的蓋，用澆花壺提了一壺水來，傾在新開的小池塘裏。起初水滿滿的，後來被泥土吸收，漸漸地淺起來。大家説：「水不夠，水不夠。」小的孩子要再去提水，大的孩子説：「不必了，不必了，我們只要把洋瓷面盆裏的水連泥和蝌蚪倒進塘裏，就正好了。」大家贊成。蝌蚪的遷居就這樣地完成了。

　　夜色朦朧，屋內已經上燈。許多孩子每人帶了一雙泥

手，歡喜地回進屋裏去，回頭叫着：「蝌蚪，再會！」「蝌
蚪，再會！」

「明天再來看你們！」「明天再來看你們！」一個小的孩
子接着說：「明天牠們也許變成青蛙了。」

三

洋瓷面盆裏的蝌蚪，由孩子們給遷居在牆角裏新開的池
塘裏了。孩子們滿懷的希望，等候着牠們的變成青蛙。我便
悵然地想起了前幾天遺棄在上海的旅館裏的四隻小蝌蚪。

今年的清明節，我在旅中度送。鄉居太久了有些兒厭
倦，想調節一下。就在這清明的時節，做了路上的行人。時
值春假，一孩子便跟了我走。清明的次日，我們來到上海。
十里洋場，我一看就生厭，還是到城隍廟裏去坐坐茶店，買
買零星玩意，倒有趣味。孩子在市場的一角看中了養在玻璃
瓶裏的蝌蚪，指着了要買。出十個銅板買了。後來我用拇指
按住了瓶上的小孔，坐在黃包車裏帶它回旅館去。

回到旅館，放在電燈底下的桌子上觀賞這瓶蝌蚪，覺得
很是別緻：這真像一瓶金魚，共有四隻。顏色雖不及金魚的
漂亮，但是游泳的姿勢比金魚更為活潑可愛。當牠們游在瓶
邊上時，我們可以察知牠們的實際的大小只及半粒瓜子。但
當牠們游到瓶中央時，玻璃瓶與水的凸鏡的作用把牠們的形
體放大，變化參差地映入我們的眼中，樣子很是好看。而在
這都會的旅館的樓上的五十支光電燈底下看這東西，越加覺
得稀奇。這是春日田中很多的東西，要是在鄉間，隨你要多
少，不妨用斗來量。但在這不見自然面影的都會裏，不及半

粒瓜子大的四隻，便已可貴，要裝在玻璃瓶內當作金魚欣賞了，真有些兒可憐。而我們，原是常住在鄉間田畔的人，在這清明節離去了鄉間而到紅塵萬丈的中心的洋樓上來鑒賞玻璃瓶裏的四隻小蝌蚪，自己覺得可笑。這好比富翁捨棄了家裏的酒池肉林而加入貧民隊裏來吃大餅油條；又好比帝王捨棄了上苑三千而到民間來鑽穴窺牆。

一天晚上，我正在牀上休息的時候，孩子在桌上玩弄這玻璃瓶，一個失手，把它打破了。水氾濫在桌子上，裏面帶着大大小小的玻璃碎片，蝌蚪躺在桌上的水痕中蠕動，好似涸轍之魚，演成不可收拾的光景，歸我來辦善後。善後之法，第一要救命。我先拿一隻茶杯，去茶房那裏要些冷水來，把桌上的四個蝌蚪輕輕地掇進茶杯中，供在鏡台上了。然後一一拾去玻璃的碎片，揩乾桌子。約費了半小時的擾攘，好容易把善後辦完了。去鏡台上看看茶杯裏的四隻蝌蚪，身體都無恙，依然是不絕地游來游去，但形體好像小了些，似乎不是原來的蝌蚪了。以前養在玻璃瓶中的時候，因有凸鏡的作用，其形狀忽大忽小，變化百出，好看得多。現在倒在茶杯裏一看，覺得就只是尋常鄉間田裏的四隻蝌蚪，全不足觀。都會真是槍花繁多的地方，尋常之物，一到都會裏就了不起。這十里洋場的繁華世界，恐怕也全靠着玻璃瓶的凸鏡的作用映成如此光怪陸離。一旦失手把玻璃瓶打破了，恐怕也只是尋常鄉間田裏的四隻蝌蚪罷了。

過了幾天，家裏又有人來玩上海。我們的房間嫌小了，就改賃大房間。大人，孩子，加以茶房，七手八腳地把衣物搬遷。搬遷之後立刻出去看上海。為經濟時間計，一天到晚

跑在外面，乘車，買物，訪友，遊玩，少有在旅館裏坐的時
候，竟把小房間裏鏡台上的茶杯裏的四隻小蝌蚪完全忘卻
了；直到回家後數天，看到花台邊上洋瓷面盆裏的蝌蚪的時
候，方然憶及。現在孩子們給洋瓷面盆裏的蝌蚪遷居在牆角
裏新開的小池塘裏，滿懷的希望，等候着牠們的變成青蛙。
我更悵然地想起了遺棄在上海的旅館裏的四隻蝌蚪。不知牠
們的結果如何？

　　大約牠們已被茶房妙生倒在痰盂裏，枯死在垃圾桶裏
了？妙生歡喜金鈴子[①]，去年曾經想把兩對金鈴子養過冬，我
每次到這旅館時，他總拿出他的牛筋盒子來給我看，為我談
種種關於金鈴子的話。也許他能把對金鈴子的愛推移到這四
隻蝌蚪身上，代我們養着，現在世間還有這四隻蝌蚪的小性
命的存在，亦未可知。

　　然而我希望牠們不存在。倘還存在，想起了越是可哀！
牠們不是金魚，不願住在玻璃瓶裏供人觀賞。牠們指望着生
長，發展，變成了青蛙而在大自然的懷中唱歌跳舞。牠們所
憧憬的故鄉，是水草豐足、春泥粘潤的田疇間，是映着天光
雲影的青草池塘。如今把牠們關在這商業大都市的中央，石
路的旁邊，鐵筋建築的樓上，水門汀砌的房籠內，瓷製的小
茶杯裏，除了從自來水龍頭上放出來的一勺之水以外，周圍
都是磁，磚，石，鐵，鋼，玻璃，電線，和煤煙，都是不適

---

① 　金鈴子，直翅目蟋蟀科的小鳴蟲，以身體閃亮如金，鳴叫清脆如鈴得
　　名，產於江浙一帶。

於牠們的生活而足以致牠們死命的東西。世間的淒涼，殘酷，和悲慘，無過於此。這是苦悶的象徵，這象徵着某種生活之下的人的靈魂。

假如有誰來報告我這四隻蝌蚪的確還存在於那旅館中，為了象徵的意義，我准擬立刻動身，專赴那旅館中去救牠們出來，放乎青草池塘之中。

一九三四年四月二十二日

蜜 蜂

◖ **導讀**

　　本文原載於 1935 年 4 月《文飯小品》第 3 期。

　　「嗡嗡」、「得得」……作者聽到耳邊有這樣的聲音。他定睛一看，原來是一隻想從玻璃窗飛出去的蜜蜂，牠屢次撞在玻璃上製造出了音響。我們很多人都看到過這樣的場景。看到不過看到而已，又怎麼樣呢？

　　作者不光看到了，他還想了很多。他想到：「求生活真不容易，只做一隻小小的蜜蜂，為了生活也須碰到這許多釘子。」他還想到：「求生活在從前容易得多，不但人類社會如此，連蟲類社會也如此。」

　　想到這裏，他要動手放蜜蜂出去。可這事很不容易。跟牠説話，牠不懂；硬捉出去，牠會蜇人；要開窗子，卻因為窗外堆了很多重物，需要別人幫忙才能挪開。

　　作者終於沒有想出解決的辦法。而等他有事出去一趟再回來，蜜蜂已經不見了，「不知道是飛去了，被救了，還是撞殺了」。悵惘之情，顯而易見。

　　一件小事，我們讀出了作者的慈悲心。

正在寫稿的時候，耳朵近旁覺得有「嗡嗡」之聲，間以「得得」之聲。因為文思正暢快，只管看着筆底下，無暇抬頭來探究這是甚麼聲音。然而「嗡嗡」、「得得」，也只管在我耳旁繼續作聲，不稍間斷。過了幾分鐘之後，它們已把我的耳鼓刺得麻木，在我似覺這是寫稿時耳旁應有的聲音，或者一種天籟，無須去探究了。

等到文章告一段落，我放下自來水筆，照例伸手向罐中取香煙的時候，我才舉頭看見這「嗡嗡」、「得得」之聲的來源。原來有一隻蜜蜂，向我案旁的玻璃窗上求出路，正在那裏亂撞亂叫。

我以前只管自己的工作，不起來為牠謀出路，任牠亂撞亂叫到這許久時光，心中覺得有些抱歉。然而已經挨到現在，況且一時我也想不出怎樣可以使牠鑽得出去的方法，也就再停一會，等到點着了香煙再說。

我一邊點香煙，一邊旁觀牠的亂撞亂叫。我看牠每一次鑽，先飛到離玻璃一二寸的地方，然後直衝過去，把牠的小頭在玻璃上「得，得」地撞兩下，然後沿着玻璃「嗡嗡」地向四處飛鳴。其意思是想在那裏找一個出身的洞。也許不是找洞，為的是玻璃上很光滑，使牠立腳不住，只得向四處亂舞。亂舞了一回之後，大概牠悟到了此路不通，於是再飛開去，飛到離玻璃一二寸的地方，重整旗鼓，向玻璃的另一處地方直撞過去。因此「嗡嗡」、「得得」，一直繼續到現在。

我看了這模樣，覺得非常可憐。求生活真不容易，只做一隻小小的蜜蜂，為了生活也須碰到這許多釘子。我詛咒那玻璃，它一面使牠清楚地看見窗外花台裏含着許多蜜汁的

花，以及天空中自由翱翔的同類，一面又周密地攔阻牠，永遠使牠可望而不可即。這真是何等惡毒的東西！它又彷彿是一個騙子，把窗外的廣大的天地和燦爛的春色給蜜蜂看，誘牠飛來。等到牠飛來了，卻用一種無形的阻力攔住牠，永不使牠出頭，或竟可使牠撞死在這種阻力之下。

因了詛咒玻璃，我又羨慕起物質文明未興時的幼年生活的詩趣來。我家祖母年年養蠶。每當蠶寶寶上山的時候，堂前裝紙窗以防風。為了一雙燕子常要出入，特地在紙窗上開一個碗來大的洞，當作燕子的門，那雙燕子似乎通人意的，來去時自會把翼稍稍斂住，穿過這洞。這般情景，現在回想了使我何等憧憬！假如我案旁的窗不用玻璃而換了從前的紙窗，我們這蜜蜂總可鑽得出去。即使撞兩下，也是軟軟的，沒有甚麼痛苦。求生活在從前容易得多，不但人類社會如此，連蟲類社會也如此。

我點着了香煙之後就開始為牠謀出路。但這是一件很不容易的事。叫牠不要在這裏鑽，應該回頭來從門裏出去，牠聽不懂我的話。用手硬把牠捉住了到門外去放，牠一定誤會我要害牠，會用螫反害我。使我的手腫痛得不能工作。除非給牠開窗；但是這扇窗不容易開，窗外堆疊着許多笨重的東西，須得先把這些東西除去，方可開窗。這些笨重的東西不是我一人之力所能除去的。

於是我起身來請同室的人幫忙，大家合力除去窗外的笨重東西，好把窗開了，讓我們這蜜蜂得到出路。但是同室的人大家不肯，他們説：「我們做工都很疲倦了，哪有餘力去搬重物而救蜜蜂呢？」我頓覺自己也很疲倦，沒有搬這些重

物的餘力。救蜜蜂的事就成了問題。

　　忽然門裏走進一個人來和我說話。為了不能避免的事，我立刻被他拉了一同出門去，就把蜜蜂的事忘卻了。等到我回來的時候，這蜜蜂已不見。不知道是飛去了，被救了，還是撞殺了。

二十四（1935）年三月七日於杭州

白鵝

◖ 導讀

　　本文原載於 1946 年 8 月 1 日《導報》月刊第 1 卷第 1 期。

　　「鵝，鵝，鵝，曲項向天歌。白毛浮綠水，紅掌撥清波。」不管有沒有真的見過這種偉大的家禽，中國無數的小孩子是伴着這樣的吟哦聲開始學習之路的。鵝在中國的地位，很不一般。

　　鵝在豐子愷心目中的地位，也是相當不一般。他發現這是一種傲慢的動物。文章依次介紹了牠的頭的形狀，牠的叫聲、步態和吃相，尤以吃相最為詳盡。我們讀到了鵝的繁瑣的吃飯（注意，是「吃飯」，而不是「吃食」）程序，和因這程序而與狗和雞爆發的鬥爭。我們真要佩服作者觀察的細緻和文筆的活潑。

　　鵝的孤芳自賞放到作者當時的生活環境中就變得別具意味了，所以作者花了不小的篇幅描述自己簡陋的居住條件。在荒涼岑寂的心境中，是鵝的龐大的身體、雪白的顏色、雄壯的叫聲、軒昂的態度、高傲的脾氣和可笑的行為，給了作者精神上莫大的慰藉。

　　先詳細寫鵝，再詳細寫人，文章最後感歎：「原來一切眾生，本是同根，凡屬血氣，皆有共感。」我們知道，無論寫鵝，還是寫人，都不是閒筆。

　　抗戰勝利後八個月零十天，我賣脱了三年前在重慶沙坪壩廟灣地方自建的小屋，遷居城中去等候歸舟。

　　除了託庇三年的情感以外，我對這小屋實在毫無留戀。因為這屋太簡陋了，這環境太荒涼了；我去屋如棄敝屣。倒是屋裏養的一隻白鵝，使我戀戀不忘。

　　這白鵝，是一位將要遠行的朋友送給我的。這朋友住在北碚，特地從北碚把這鵝帶到重慶來送給我，我親自抱了這雪白的大鳥回家，放在院子內。牠伸長了頭頸，左顧右盼，我一看這姿態，想道：「好一個高傲的動物！」凡動物，頭是最主要部分。這部分的形狀，最能表明動物的性格。例如獅子、老虎，頭都是大的，表示其力強。麒麟、駱駝，頭都是高的，表示其高超。狼、狐、狗等，頭都是尖的，表示其刁奸猥鄙。豬玀、烏龜等，頭都是縮的，表示其冥頑愚蠢。鵝的頭在比例上比駱駝更高，與麒麟相似，正是高超的性格的表示。而在牠的叫聲、步態、吃相中，更表示出一種傲慢之氣。

　　鵝的叫聲，與鴨的叫聲大體相似，都是「軋軋」然的。但音調上大不相同。鴨的「軋軋」，其音調瑣碎而愉快，有小心翼翼的意味；鵝的「軋軋」，其音調嚴肅鄭重，有似厲聲呵斥。牠的舊主人告訴我：養鵝等於養狗，牠也能看守門戶。後來我看到果然：凡有生客進來，鵝必然厲聲叫囂；甚至籬笆外有人走路，也要牠引吭大叫，其叫聲的嚴厲，不亞於狗的狂吠。狗的狂吠，是專對生客或宵小用的；見了主人，狗會搖頭擺尾，嗚嗚地乞憐。鵝則對無論何人，都是厲聲呵斥；要求飼食時的叫聲，也好像大爺嫌飯遲而怒罵小使一樣。

　　鵝的步態，更是傲慢了。這在大體上也與鴨相似。但

鴨的步調急速，有局促不安之相。鵝的步調從容，大模大樣的，頗像平劇（京劇）裏的淨角出場。這正是牠的傲慢的性格的表現。我們走近雞或鴨，這雞或鴨一定讓步逃走。這是表示對人懼怕。所以我們要捉住雞或鴨，頗不容易。那鵝就不然：牠傲然地站着，看見人走來簡直不讓；有時非但不讓，竟伸過頸子來咬你一口。這表示牠不怕人，看不起人。但這傲慢終歸是狂妄的。我們一伸手，就可一把抓住牠的項頸，而任意處置牠。家畜之中，最傲人的無過於鵝，同時最容易捉住的也無過於鵝。

鵝的吃飯，常常使我們發笑。我們的鵝是吃冷飯的，一日三餐。牠需要三樣東西下飯：一樣是水，一樣是泥，一樣是草。先吃一口冷飯，次吃一口水，然後再到某地方去吃一口泥及草。這地方是牠自己選定的，選的目標，我們做人的無法知道。大約泥和草也有各種滋味，牠是依着牠的胃口而選定的。這食料並不奢侈；但牠的吃法，三眼一板，絲毫不苟。譬如吃了一口飯，倘水盆偶然放在遠處，牠一定從容不迫地踏大步走上前去，飲水一口。再踏大步走到一定的地方去吃泥、吃草。吃過泥和草再回來吃飯。這樣從容不迫的吃飯，必須有一個人在旁侍候，像飯館裏的侍者一樣。因為附近的狗，都知道我們這位鵝老爺的脾氣，每逢牠吃飯的時候，狗就躲在籬邊窺伺。等牠吃過一口飯，踱着方步去吃水、吃泥、吃草的當兒，狗就敏捷地跑上來，努力地吃牠的飯。沒有吃完，鵝老爺偶然早歸，伸頸去咬狗，並且厲聲叫罵，狗立刻逃往籬邊，蹲着靜候；看牠再吃了一口飯，再走開去吃水、吃草、吃泥的時候，狗又敏捷地跑上來，這回就把牠的飯吃完，揚長而去了。等到

鵝再來吃飯的時候，飯罐已經空空如也。鵝便昂首大叫，似乎責備人們供養不周。這時我們便替牠添飯，並且站着侍候。因為鄰近狗很多，一狗方去，一狗又來蹲着窺伺了。鄰近的雞也很多，也常躡手躡腳地來偷鵝的飯吃。我們不勝其煩，以後便將飯罐和水盆放在一起，免得牠走遠去，讓雞、狗偷飯吃。然而牠所必須的盛饌泥和草，所在的地點遠近無定。為了找這盛饌，牠仍是要走遠去的。因此鵝的吃飯，非有一人侍候不可。真是架子十足的！

鵝，不拘牠如何高傲，我們始終要養牠，直到房子賣脫為止。因為牠對我們，物質上和精神上都有貢獻，使主母和主人都歡喜牠。物質上的貢獻，是生蛋。牠每天或隔天生一個蛋，籠邊特設一堆稻草，鵝蹲伏在稻草中了，便是要生蛋了。家裏的小孩子更興奮，站在牠旁邊等候。牠分娩畢，就起身，大踏步走進屋裏去，大聲叫開飯。這時候孩子們把蛋熱熱地撿起，藏在背後拿進屋子來，説是怕鵝看見了要生氣。鵝蛋真是大，有雞蛋的四倍呢！主母的蛋簍子內積得多了，就拿來製鹽蛋，燉一個鹽鵝蛋，一家人吃不了的！工友上街買菜回來説：「今天菜市上有賣鵝蛋的，要四百元一個，我們的鵝每天掙四百元，一個月掙一萬二，比我們做工還好呢。哈哈哈哈。」我們也陪他一個「哈哈哈哈。」望望那鵝，牠正吃飽了飯，昂胸凸肚地，在院子裏踱方步，看野景，似乎更加神氣活現了。但我覺得，比吃鵝蛋更好的，還是牠的精神的貢獻。因為我們這屋實在太簡陋，環境實在太荒涼，生活實在太岑寂了。賴有這一隻白鵝，點綴庭院，增加生氣，慰我寂寥。

且説我這屋子，真是簡陋極了：籬笆之內，地皮二十方丈，屋所佔的只六方丈，其餘算是庭院。這六方丈上，建着三間「抗建式」平屋，每間前後劃分為二室，共得六室，每室平均一方丈。中央一間，前室特別大些，約有一方丈半弱，算是食堂兼客堂；後室就只有半方丈強，比公共汽車還小，作為家人的臥室。西邊一間，平均劃分為二，算是廚房及工友室。東邊一間，也平均劃分為二，後室也是家人的臥室，前室便是我的書房兼臥房。三年以來，我坐臥寫作，都在這一方丈內。歸熙甫①《項脊軒記》中説：「室僅方丈，可容一人居。」又説：「雨澤下注，每移案，顧視無可置者。」我只有想起這些話的時候，感覺得自己滿足。我的屋雖不上漏，可是牆是竹製的，單薄得很。夏天九點鐘以後，東牆上炙手可熱，室內好比開放了熱水汀②。這時候反教人希望警報，可到六七丈深的地下室去涼快一下呢。

　　竹籬之內的院子，薄薄的泥層下面盡是巖石，只能種些番茄、蠶豆、芭蕉之類，卻不能種樹木。竹籬之外，坡巖起伏，盡是荒郊。因此這小屋赤裸裸的，孤零零的，毫無依蔽；遠遠望來，正像一個亭子。我長年坐守其中，就好比一個亭長。這地點離街約有里許，小徑迂迴，不易尋找，來客極稀。杜詩「幽棲地僻經過少」一句，這屋可以受之無愧。風雨之日，泥濘載途，狗也懶得走過，環境荒涼更甚。這些

① 歸熙甫（1506—1571），即歸有光，字熙甫，明代散文家。《項脊軒記》為其名篇。

② 熱水汀，即暖氣，來自英語 steam。

日子的岑寂的滋味，至今回想還覺得可怕。

自從這小屋落成之後，我就辭絕了教職，恢復了戰前的閒居生活。我對外間絕少往來，每日只是讀書作畫，飲酒閒談而已。我的時間全部是我自己的。這是我的性格的要求，這在我是認為幸福的。然而這幸福必須兩個條件：在太平時，在都會裏。如今在抗戰期，在荒村裏，這幸福就伴着一種苦悶 —— 岑寂。為避免這苦悶，我便在讀書、作畫之餘，在院子裏種豆，種菜，養鴿，養鵝。而鵝給我的印象最深。因為牠有那麼龐大的身體，那麼雪白的顏色，那麼雄壯的叫聲，那麼軒昂的態度，那麼高傲的脾氣，和那麼可笑的行為。在這荒涼岑寂的環境中，這鵝竟成了一個焦點。淒風苦雨之日，手酸意倦之時，推窗一望，死氣沉沉；唯有這偉大的雪白的東西，高擎着琥珀色的喙，在雨中昂然獨步，好像一個武裝的守衛，使得這小屋有了保障，這院子有了主宰，這環境有了生氣。

我的小屋易主的前幾天，我把這鵝送給住在小龍坎的朋友人家。送出之後的幾天內，頗有異樣的感覺。這感覺與訣別一個人的時候所發生的感覺完全相同，不過分量較為輕微而已。原來一切眾生，本是同根，凡屬血氣，皆有共感。所以這禽鳥比這房屋更是牽惹人情，更能使人留戀。現在我寫這篇短文，就好比為一個永訣的朋友立傳，寫照。

這鵝的舊主人姓夏名宗禹，現在與我鄰居着。

三十五（1946）年四月二十五日於重慶

楊 柳

導讀

　　古往今來，讚美楊柳的文章很多，豐子愷的這篇應該是比較獨特的一篇。

　　作者在第一段就否認了他對楊柳的偏愛，將他與楊柳的結緣歸結為純粹的偶然。在第二和第三段，他又否認了古人讚美楊柳和其他花木的種種理由，認為這種種理由過於做作，與實際不符。

　　這些話，乍看起來，好像也沒甚麼大道理。但是仔細品味一下，還是能感覺到作者樸素、誠懇的人生態度。

　　那麼，作者是不願讚美楊柳的了？卻又不然。樸素、誠懇的人看待楊柳，自有樸素、誠懇的人的角度。作者讚美楊柳，看重的是一個「賤」字，能下而不忘根本。對人，它並無索求；對己，它時時回顧泥土中的根本。所以，楊柳的「賤」，只是一種謙虛、低調的表現。大概也只有樸素、誠懇的人才會賞識這一點吧。

　　但是作者又說，他的讚美是「一時興起的感想」，並不想就此頂禮膜拜下去。是的，這才是真正的樸素、誠懇、謙虛、低調。空谷幽蘭自在開，需要甚麼讚美呢？

　　因為我的畫中多楊柳樹，就有人說我歡喜楊柳樹；因為有人說我歡喜楊柳樹，我似覺自己真與楊柳樹有緣。但我也曾問心，為甚麼歡喜楊柳樹？到底與楊柳樹有甚麼深緣？其答案了不可得。原來這完全是偶然的：昔年我住在白馬湖上，看見人們在湖邊種柳，我向他們討了一小株，種在寓屋的牆角裏。因此給這屋取名「小楊柳屋」，因此常取見慣的楊柳為畫材，因此就有人說我歡喜楊柳，因此我自己似覺與楊柳有緣。假如當時人們在湖邊種荊棘，也許我會給屋取名為「小荊棘屋」，而專畫荊棘，成為與荊棘有緣，亦未可知。天下事往往如此。

　　但假如我存心要和楊柳結緣，就不說上面的話，而可以附會種種的理由上去。或者說我愛它的鵝黃嫩綠，或者說我愛它的如醉如舞，或者說我愛它像小蠻的腰，或者說我愛它是陶淵明的宅邊所種，或者還可引援「客舍青青①」的詩，「樹猶如此②」的話，以及「王恭之貌③」、「張緒之神④」等種種古典來，作為自己愛柳的理由。即使要找三百個冠冕堂皇、高雅深刻的理由，也是很容易的。天下事又往往如此。

　　也許我曾經對人說過「我愛楊柳」的話。但這話也是隨緣的。彷彿我偶然買一雙黑襪穿在腳上，逢人問我「為甚麼

① 　出自唐代詩人王維（701—761）的《渭城曲》一詩，原詩句為「渭城朝雨浥輕塵，客舍青青柳色新」。

② 　出自《世說新語‧言語》，原為東晉大司馬桓溫以柳自比發出的感慨，原句為「樹猶如此，人何以堪」。

③④ 王恭之貌、張緒之神，為歷史上兩個以柳喻人的著名典故，形容人瀟灑飄逸、清秀婀娜。

穿黑襪」時，就對他說「我歡喜穿黑襪」一樣。實際，我向來對於花木無所愛好；即有之，亦無所執着。這是因為我生長窮鄉，只見桑麻，禾黍，煙片，棉花，小麥，大豆，不曾親近過萬花如繡的園林。只在幾本舊書裏看見過「紫薇」，「紅杏」，「芍藥」，「牡丹」等美麗的名稱，但難得親近這等名稱的所有者。並非完全沒有見過，只因見時它們往往使我失望，不相信這便是曾對紫薇郎的紫薇花，曾使尚書出名的紅杏，曾傍美人醉臥的芍藥，或者象徵富貴的牡丹。我覺得它們也只是植物中的幾種，不過少見而名貴些，實在也沒有甚麼特別可愛的地方，似乎不配在詩詞中那樣地受人稱讚，更不配在花木中佔據那樣高尚的地位。因此我似覺詩詞中所讚歡的名花是另外一種，不是我現在所看見的這種植物。我也曾偶遊富麗的花園，但終於不曾見過十足地配稱「萬花如繡」的景象。

假如我現在要讚美一種植物，我仍是要讚美楊柳。但這與前緣無關，只是我這幾天的所感，一時興到，隨便談談，也不會像信仰宗教或崇拜主義地畢生皈依它。為的是昨日天氣佳，埋頭寫作到傍晚，不免走到西湖邊的長椅子裏坐了一會。看見湖岸的楊柳樹上，好像掛着幾萬串嫩綠的珠子，在溫暖的春風中飄來飄去，飄出許多彎度微微的 S 線來，覺得這一種植物實在美麗可愛，非讚它一下不可。

聽人說，這種植物是最賤的。剪一根枝條來插在地上，它也會活起來，後來變成一株大楊柳樹。它不需要高貴的肥料或工深的壅培，只要有陽光、泥土和水，便會生活，而且生得非常強健而美麗。牡丹花要吃豬肚腸，葡萄藤要吃

肉湯，許多花木要吃豆餅，但楊柳樹不要吃人家的東西，因此人們說它是「賤」的，大概「貴」是要吃的意思。越要吃得多，越要吃得好，就是越「貴」。吃得很多很好而沒有用處，只供觀賞的，似乎更貴。例如牡丹比葡萄貴，是為了牡丹吃了豬肚腸只供觀賞，而葡萄吃了肉湯有結果的原故。楊柳不要吃人的東西，且有木材供人用，因此被人看作「賤」的。

我讚楊柳美麗，但其美與牡丹不同，與別的一切花木都不同。楊柳的主要的美點，是其下垂。花木大都是向上發展的，紅杏能長到「出牆」，古木能長到「參天」。向上原是好的，但我往往看見枝葉花果蒸蒸日上，似乎忘記了下面的根，覺得其樣子可惡；你們是靠他養活的，怎麼只管高踞上面，絕不理睬他呢？你們的生命建設在他上面，怎麼只管貪圖自己的光榮，而絕不回顧處在泥土中的根本呢？花木大都如此。甚至下面的根已經被砍，而上面的花葉還是欣欣向榮，在那裏作最後一刻的威福，真是可惡而又可憐！楊柳沒有這般可惡可憐的樣子：它不是不會向上生長。它長得很快，而且很高；但是越長得高，越垂得低。千萬條陌頭細柳，條條不忘記根本，常常俯首顧着下面，時時借了春風之力，向處在泥土中的根本拜舞，或者和他親吻。好像一羣活潑的孩子環繞着他們的慈母而遊戲，但時時依傍到慈母的身旁去，或者撲進慈母的懷裏去，使人看了覺得非常可愛。楊柳樹也有高出牆頭的，但我不嫌它高，為了它高而能下，為了它高而不忘本。

自古以來，詩文常以楊柳為春的一種主要題材。寫春

景日「萬樹垂楊」，寫春色日「陌頭楊柳」，或竟稱春天為「柳條春」。我以為這並非僅為楊柳當春抽條的原故，實因其樹有一種特殊的姿態，與和平美麗的春光十分調和的原故。這種姿態的特殊點，便是「下垂」。不然，當春發芽的樹木不知凡幾，何以專讓柳條作春的主人呢？只為別的樹木都憑仗了春之力而拚命向上，一味求高，忘記了自己的根本。其貪婪之相不合於春的精神。最能象徵春的神意的，只有垂楊。

這是我昨天看了西湖邊上的楊柳而一時興起的感想。但我所讚美的不僅是西湖上的楊柳。在這幾天的春光之下，鄉村處處的楊柳都有這般可讚美的姿態。西湖似乎太高貴了，反而不適於栽植這種「賤」的垂楊呢。

二十四（1935）年三月四日於杭州

梧 桐 樹

◖ 導讀

　　本文原載於 1935 年 12 月 16 日《宇宙風》第 1 卷第 7 期。

　　作者寫梧桐樹，重點是寫梧桐樹的葉子。

　　初生的梧桐葉，像樹燈，像小學生的剪貼圖案。這裏使用了比喻的修辭格，雖然不一定更形象，但是很讓人覺得親切。作者說，「梧桐樹的生葉，技巧最為拙劣，但態度最為坦白」，那麼梧桐又跟人一樣了。

　　夏天的梧桐葉，層層疊疊，「好像一個大綠幛，又好像圖案畫中的一座青山」；單個的葉子，又被作者比喻成豬耳朵。雅俗皆有韻致。

　　梧桐葉落也別成風景：「最初綠色黑暗起來，變成墨綠；後來又由墨綠轉成焦黃；北風一起，它們大驚小怪地鬧將起來，大大的黃葉子便開始辭枝 —— 起初突然地落脫一兩張來，後來成羣地飛下一大批來，好像誰從高樓上丟下來的東西。」動感是十足的。

　　面對自然的這種藝術傑作，作者想到，自然是不能被佔有的，藝術也是不能被佔有的。但事實上，作者已經掬起一脈藝術的清波放在他的文章裏了。

寓樓的窗前有好幾株梧桐樹。這些都是鄰家院子裏的東西，但在形式上是我所有的。因為它們和我隔着適當的距離，好像是專門種給我看的。它們的主人，對於它們的局部狀態也許比我看得清楚；但是對於它們的全體容貌，恐怕始終沒看清楚呢。因為這必須隔着相當的距離方才看見。唐人詩云「山遠始為容」，我以為樹亦如此。自初夏至今，這幾株梧桐樹在我面前濃妝淡抹，顯示了種種的容貌。

　　當春盡夏初，我眼看見新桐初乳的光景。那些嫩黃的小葉子一簇簇地頂在禿枝頭上，好像一堂樹燈①，又好像小學生的剪貼圖案，佈置均勻而帶幼稚氣。植物的生葉，也有種種技巧：有的新陳代謝，瞞過了人的眼睛而在暗中偷換青黃；有的微乎其微，漸乎其漸，使人不覺察其由禿枝變成綠葉。只有梧桐樹的生葉，技巧最為拙劣，但態度最為坦白。它們的枝頭疏而粗，它們的葉子平而大。葉子一生，全樹顯然變容。

　　在夏天，我又眼看見綠葉成蔭的光景。那些團扇大的葉片，長得密密層層，望去不留一線空隙，好像一個大綠幛，又好像圖案畫中的一座青山。在我所常見的庭院植物中，葉子之大，除了芭蕉以外，恐怕無過於梧桐了。芭蕉葉形狀雖大，數目不多，那丁香結要過好幾天才展開一張葉子來，全樹的葉子寥寥可數。梧桐葉雖不及它大，可是數目繁多。那

---

①　作者故鄉一帶的風俗，人死後須在屍場上靠近頭的一端點起樹燈，樹燈是一種點着許多油燈的樹形燈架。

豬耳朵一般的東西，重重疊疊地掛着，一直從低枝上掛到樹頂。窗前擺了幾枝梧桐，我覺得綠意實在太多了。古人說「芭蕉分綠上窗紗」，眼光未免太低，只是階前窗下的所見而已。若登樓眺望，芭蕉便落在眼底，應見「梧桐分綠上窗紗」了。

一個月以來，我又眼看見梧桐葉落的光景。樣子真悽慘呢！最初綠色黑暗起來，變成墨綠；後來又由墨綠轉成焦黃；北風一吹，它們大驚小怪地鬧將起來，大大的黃葉便開始辭枝 —— 起初突然地落脫一兩張來，後來成羣地飛下一大批來，好像誰從高樓上丟下來的東西。枝頭漸漸地虛空了，露出樹後面的房屋來，終於只剩幾根枝條，回復了春初的面目。這幾天它們空手站在我的窗前，好像曾經娶妻生子而今家破人亡了的光棍，樣子怪可憐的！我想起了古人的詩：「高高山頭樹，風吹葉落去。一去數千里，何當還故處？」現在倘要搜集它們的一切落葉來，使它們一齊變綠，重還故枝，回復夏日的光景，即使仗了世間一切支配者的勢力，盡了世間一切機械的效能，也是不可能的事了！回黃轉綠世間多，但象徵悲哀的莫如落葉，尤其是梧桐的落葉。落花也曾令人悲哀。但花的壽命短促，猶如嬰兒初生即死，我們雖也憐惜他，但因對他關係未久，回憶不多，因之悲哀也不深。葉的壽命比花長得多，尤其是梧桐的葉，自初生至落盡，佔有大半年之久，況且這般繁茂，這般盛大！眼前高厚濃重的幾堆大綠，一朝化為烏有！「無常」的象徵，莫大於此了！

但它們的主人，恐怕沒有感到這種悲哀。因為他們雖然

種植了它們，所有了它們，但都沒有看見上述的種種光景。他們只是坐在窗下瞧瞧它們的根幹，站在階前仰望它們的枝葉，為它們掃掃落葉而已，何從看見它們的容貌呢？何從感到它們的象徵呢？可知自然是不能被佔有的。可知藝術也是不能被佔有的。

二十四（1935）年十一月二十八日夜

山中避雨

◖ 導讀

　　這篇文章寫的是一件非常非常小的小事。作者到山上遊玩，偶然遇到大雨，於是跑到一個小茶店避雨；可巧小茶店有人拉胡琴，作者興之所至，就借過來拉了幾支曲子；然後乘路過的黃包車回家，與店裏人依依惜別。

　　事情是夠平常的了，有甚麼好寫的呀？在藝術家看來，這裏卻有不少樂趣。避雨而雨不止，別人煩躁不安，他倒感受到了「山中阻雨的一種寂寥而深沉的趣味」。這是一個重要的起點。雨早點停固然很好，既然不停，而且我們又沒有能力強行讓它停下來，那麼等一等何妨呢？「慢慢走，欣賞啊！」願意「慢」下來，所以作者才有心情去拉胡琴。音樂是一種心情。

　　確實，山中避雨，再沒有比胡琴更好的伴奏樂器了。無論是鋼琴還是小提琴，都顯得太重大，太正式。只有胡琴，剛剛好，茶客大家也都能接受。

　　雨聲，咿咿呀呀的胡琴聲，想一想就讓人神往。在路邊隨時都能撿起來的藝術，是美妙的藝術。

前天同了兩女孩到西湖山中遊玩，天忽下雨。我們倉皇奔走，看見前方有一小廟，廟門口有三家村，其中一家是開小茶店而帶賣香煙的。我們趨之如歸。茶店雖小，茶也要一角錢一壺。但在這時候，即使兩角錢一壺，我們也不嫌貴了。

茶越沖越淡，雨越落越大。最初因遊山遇雨，覺得掃興；這時候山中阻雨的一種寂寥而深沉的趣味牽引了我的感興，反覺得比晴天遊山趣味更好。所謂「山色空濛雨亦奇」[①]，我於此體會了這種境界的好處。然而兩個女孩子不解這種趣味，她們坐在這小茶店裏躲雨，只是怨天尤人，苦悶萬狀。我無法把我所體驗的境界為她們說明，也不願使她們「大人化」而體驗我所感的趣味。

茶博士坐在門口拉胡琴。除雨聲外，這是我們當時所聞的唯一的聲音。拉的是《梅花三弄》，雖然聲音摸得不大正確，拍子還拉得不錯。這好像是因為顧客稀少，他坐在門口拉這曲胡琴來代替收音機作廣告的。可惜他拉了一會就罷，使我們所聞的只是嘈雜而冗長的雨聲。為了安慰兩個女孩子，我就去向茶博士借胡琴。「你的胡琴借我弄弄好不好？」他很客氣地把胡琴遞給我。

我借了胡琴回茶店，兩個女孩很歡喜。「你會拉的？你會拉的？」我就拉給她們看。手法雖生，音階還摸得準。因為我小時候曾經請我家鄰近的柴主人阿慶教過《梅花三

---

① 　出自北宋詩人蘇軾（1037—1101）《飲湖上初晴後雨》一詩。

弄》，又請對面弄內一個裁縫司務大漢教過胡琴上的工尺。阿慶的教法很特別，他只是拉《梅花三弄》給你聽，卻不教你工尺的曲譜。他拉得很熟，但他不知工尺。我對他的拉奏望洋興歎，始終學他不來。後來知道大漢識字，就請教他。他把小工調、正工調的音階位置寫了一張紙給我，我的胡琴拉奏由此入門。現在所以能夠摸出正確的音階者，一半由於以前略有摸 violin[2] 的經驗，一半仍是根基於大漢的教授的。在山中小茶店裏的雨窗下，我用胡琴從容地（因為快了要拉錯）拉了種種西洋小曲。兩女孩和着了歌唱，好像是西湖上賣唱的，引得三家村裏的人都來看。一個女孩唱着《漁光曲》，要我用胡琴去和她。我和着她拉，三家村裏的青年們也齊唱起來，一時把這苦雨荒山鬧得十分溫暖。我曾經吃過七八年音樂教師飯，曾經用 piano[3] 伴奏過混聲四部合唱，曾經彈過 Beethoven 的 sonata[4]。但是有生以來，沒有嘗過今日般的音樂的趣味。

　　兩部空黃包車拉過，被我們僱定了。我付了茶錢，還了胡琴，辭別三家村的青年們，坐上車子。油布遮蓋我面前，看不見雨景。我回味剛才的經驗，覺得胡琴這種樂器很有意思。piano 笨重如棺材，violin 要數十百元一具，製造雖精，世間有幾人能夠享用呢？胡琴只要兩三角錢一把，雖然音域沒有 violin 之廣，也盡夠演奏尋常小曲。雖然音色不

---

② 英語，即小提琴。
③ 英語，即鋼琴。
④ 英語，即貝多芬的奏鳴曲。

比 violin 優美，裝配得法，其發音也還可聽。這種樂器在我國民間很流行，剃頭店裏有之，裁縫店裏有之，江北船上有之，三家村裏有之。倘能多造幾個簡易而高尚的胡琴曲，使像《漁光曲》一般流行於民間，其藝術陶冶的效果，恐比學校的音樂課廣大得多呢。我離去三家村時，村裏的青年們都送我上車，表示惜別。我也覺得有些兒依依。（曾經搪塞他們説：「下星期再來！」其實恐怕我此生不會再到這三家村裏去吃茶且拉胡琴了。）若沒有胡琴的因緣，三家村裏的青年對於我這路人有何惜別之情，而我又有何依依於這些萍水相逢的人呢？古語云：「樂以教和。」我做了七八年音樂教師沒有實證過這句話，不料這天在這荒村中實證了。

一九三五年秋日

廬山遊記

◖ 導讀

　　明明是「廬山」遊記，可是作者卻花了三分之二的篇幅寫了和廬山無關的事情。這樣「跑題」似乎犯了文家大忌。不過，且慢下結論，如果說遊廬山是此行的目的，那麼之前的準備和行程不也是大幕拉開的必要前奏嗎？

　　更可喜的是，這個前奏寫得很好。我們讀到了一行人出發前的迫不及待，輪船上的歡欣鼓舞；也讀到了作者走馬觀花所見的南京、蕪湖和安慶的風光，九江的人情和手工藝之美。作者是娓娓道來，讀者是隨着作者架設的鏡頭，懷着悠閒的心情享受移步換景的樂趣；作者是津津有味，讀者是隨着作者鋪設的文字，感受普通市井景象的強烈的生活氣息。

　　有時候我們恍惚覺得，那個遊廬山的人，就像一個小孩子，他對一切都充滿了好奇，充滿了欣喜。實際上，作者那個時候已經是老頭了啊。

　　童心永遠不會過時，文章的結構是次要的了。

一、江行觀感

譯完了柯羅連科[①]的《我的同時代人的故事》第一卷三十萬字之後，原定全家出門旅行一次，目的地是廬山。脫稿前一星期已經有點心不在稿；合譯者一吟的心恐怕早已上山，每天休息的時候擱下譯筆（我們是父女兩人逐句協商，由她執筆的），就打電話探問九江船期。終於在寄出稿件後三天的七月廿六日清晨，父母子女及一外孫一行五人登上了江新輪船。

勝利還鄉時全家由隴海路轉漢口，在漢口搭輪船返滬之後，十年來不曾乘過江輪。菲君（外孫）還是初次看見長江。站在船頭甲板上的晨曦中和壯麗的上海告別，乘風破浪溯江而上的時候，大家臉上顯出歡喜幸福的表情。我們佔據兩個半房間：一吟和她母親共一間，菲君和他小娘舅新枚共一間，我和一位鐵工廠工程師吳君共一間。這位工程師熟悉上海情形，和我一見如故，替我說明吳淞口一帶種種新建設，使我的行色更壯。

江新輪的休息室非常漂亮：四周許多沙發，中間好幾副桌椅，上面七八架電風扇，地板上走路要謹防滑跤。我在壁上的照片中看到：這輪船原是初解放時被敵機炸沉，後來撈起重修，不久以前才復航的。一張照片是剛剛撈起的破碎不全的船殼，另一張照片是重修完竣後的嶄新的江新輪，就是

---

① 柯羅連科（1853—1921），俄國作家、社會活動家。代表作品有《我的同時代人的故事》、《盲音樂家》等。

我現在乘着的江新輪。我感到一種驕傲，替不屈不撓的勞動人民感到驕傲。

新枚和他的捷克製的手風琴，一日也捨不得分離，背着它遊廬山。手風琴的音色清朗像豎琴，富麗像鋼琴，在雲山蒼蒼、江水泱泱的環境中奏起悠揚的曲調來，真有「高山流水」之概。我呷着啤酒聽賞了一會，不覺叩舷而歌，歌的是十二三歲時在故鄉石門灣小學校裏學過的、沈心工先生所作的揚子江歌：

> 長長長，亞洲第一大水揚子江。
> 源青海兮峽瞿塘，蜿蜒騰蛟蟒。
> 滾滾下荊揚，千里一瀉黃海黃。
> 潤我祖國千秋萬歲歷史之榮光。

反覆唱了幾遍，再教手風琴依歌而和之，覺得這歌曲實在很好，今天在這裏唱，比半世紀以前在小學校裏唱的時候感動更深。這歌詞完全是中國風的，句句切題，描寫得很扼要；句句協音，都協得很自然。新時代的學校唱歌中，這樣好的歌曲恐怕不多呢。因此我在甲板上熱愛地重溫這兒時舊曲。不過在這裏奏樂、唱歌，甚至談話，常常有美中不足之感。你道為何：各處的擴音機聲音太響，而且廣播的時間太多，差不多終日不息。我的房間門口正好裝着一個喇叭，倘使鎮日坐在門口，耳朵說不定會震聾。這設備本來很好：報告船行情況，通知開飯時間，招領失物，對旅客都有益。然而報告通知之外不斷地大聲演奏各種流行唱片，聲音壓倒一

切，強迫大家聽賞，這過分的盛意實在難於領受。我常常想向輪船當局提個意見，希望廣播輕些，少些。然而不知為甚麼，大概是生怕多數人喜歡這一套吧，終於沒有提。

輪船在沿江好幾個碼頭停泊一二小時。我們上岸散步的有三處：南京、蕪湖、安慶。好像有一根無形的繩索繫在身上，大家不敢走遠去，只在碼頭附近閒步閒眺，買些食物或紀念品。南京真是一個引人懷古的地方，我踏上它的土地，立刻神往到六朝、三國、春秋吳越的遠古，闔閭、夫差、孫權、周郎、梁武帝、陳後主⋯⋯都閃現在眼前。望見一座青山。啊，這大約就是諸葛亮所望過的龍蟠鐘山吧！偶然看見一家店鋪的門牌上寫着邯鄲路，邯鄲這兩個字又多麼引人懷古！我買了一把小刀作為南京紀念，拿回船上，同舟的朋友說這是上海來的。

蕪湖輪船碼頭附近沒有市街，沿江一條崎嶇不平的馬路旁邊擺着許多攤頭。我在馬路盡頭的一副擔子上吃了一碗豆腐花就回船。安慶的碼頭附近很熱鬧。我們上岸，從人叢中擠出，走進一條小街，逶迤曲折地走到了一條大街上，在一爿雜貨鋪裏買了許多紀念品，不管它們是哪裏來的。在安慶的小街裏許多人家的門前，我看到了一種平生沒有見過的家具，這便是嬰孩用的坐車。這坐車是圓柱形的，上面一個圓圈，下面一個底盤，四根柱子把圓圈和底盤連接；中間一個座位，嬰兒坐在這座位上；底盤下面有四個輪子，便於推動。座位前面有一個特別裝置：二三寸闊的一條小板，斜斜地裝在座位和底盤上，與底盤成四五十度角，小板兩旁有高起的邊，彷彿小人國裏的兒童公園裏的滑梯。我初見時不解

這滑梯的意義，一想就恍然大悟了它的妙用。記得我嬰孩時候是站立桶的。這立桶比桌面高，四周是板，中間有一隻抽斗，我的手靠在桶口上，腳就站在抽斗裏。抽斗底上有桂圓大的許多洞，抽斗下面桶底上放着灰籮，妙用就在這裏。然而安慶的坐車比較起我們石門灣的立桶來高明得多。這裝置大約是這裏的子煩惱的勞動婦女所發明的吧？安慶子煩惱的人大約較多，剛才我擠出碼頭的時候，就看見許多五六歲甚至三四歲的小孩子。這些小孩子大約是從子煩惱的人家溢出到碼頭上來的。我想起了久不見面的邵力子[2]先生。

輪船裏的日子比平居的日子長得多。在輪船裏住了三天兩夜，勝如平居一年半載，所有的地方都熟悉，外加認識了不少新朋友。然而這還是廬山之遊的前奏曲。踏上九江的土地的時候，又感到一種新的興奮，彷彿在音樂會裏聽完了一個節目而開始再聽另一個新節目似的。

二、九江印象

九江是一個可愛的地方，雖然天氣熱到九十五度，還是可愛。我們一到招待所，聽說上山車子擠，要宿兩晚才有車。我們有了細看九江的機會。

「家臨九江水，來去九江側。同是長干人，生小不相

---

② 邵力子（1882—1967），本名邵景奎，筆名力子，浙江人，近代教育家、政治家。

識。」[3]「潯陽江頭夜送客，楓葉荻花秋瑟瑟。」[4]常常替詩人當模特兒的九江，受了詩的美化，到一千多年後的今天風韻猶存。街道清潔，市容整齊；遙望崗巒起伏的廬山，彷彿南北高峯；那甘棠湖正是具體而微的西湖。九江居然是一個小杭州。但這還在其次。九江的男男女女，大都儀容端正。極少有奇形怪狀的人物。尤其是婦女們，無論羣集在甘棠湖邊洗衣服的女子，提着筐挑着擔在街上趕路的女子，一個個相貌端正，衣衫整潔，其中沒有西施，但也沒有嫫母。她們好像都是學校裏的女學生。但這也還在其次。九江的人態度都很和平，對外來人尤其客氣。這一點最為可貴。二十年前我逃難經過江西的時候，有一個逃難伴侶告訴我：「江西人好客。」當時我扶老攜幼在萍鄉息足一個多月，深深地感到這句話的正確。這並非由於萍鄉的地主（這地主是本地人的意思）夫婦都是我的學生的原故，也並非由於「到處兒童識姓名」（馬一浮先生贈詩中語）的原故。不管相識不相識，萍鄉人一概殷勤招待。如今我到九江，二十年前的舊印象立刻復活起來。我們在九江，大街小巷都跑過，南潯鐵路的火車站也到過。我仔細留意，到處都度着和平的生活，絕不聞相打相罵的聲音。向人問路，他恨不得把你送到了目的地。我常常驚訝地域區別對風俗人情的影響的偉大。萍鄉和九江，相去很遠。然而同在江西省的區域之內，其風俗人情就有共

③　出自唐代詩人崔顥（約 704—754）《長干行》其二。
④　出自唐代詩人白居易（772—846）《琵琶行》一詩。

通之點。我覺得江西人的「好客」確是一種美德，是值得表揚，值得學習的。我說九江是一個可愛的地方，主要點正在於此。

九江街上瓷器店特別多，除了瓷器店之外還有許多瓷器攤頭。瓷器之中除了日用瓷器之外還有許多瓷器玩具：貓、狗、雞、鴨、兔、牛、馬、兒童人像、婦女人像、騎馬人像、羅漢像、壽星像，各種各樣都有，而且大都是上彩釉的。這使我聯想起無錫來。無錫惠山等處有許多泥玩具店，也有各種各樣的形象，也都是施彩色的。所異者，瓷和泥質地不同而已。在這種玩具中，可以窺見中國手藝工人的智巧。他們都沒有進過美術學校雕塑科，都沒有學過素描基本練習，都沒有學過藝用解剖學，全憑天生的智慧和熟練的技巧，刻畫出種種形象來。這些形象大都肖似實物，大多姿態優美，神氣活現。而瓷工比較起泥工來，據我猜想，更加複雜困難。因為泥質鬆脆，只能塑造像坐貓、蹲兔那樣團塊的形象。而瓷質堅緻，馬的四隻腳也可以塑出。九江瓷器中的八駿，最能顯示手藝工人的天才。那些馬身高不過一寸半，或俯或仰，或立或行，骨骼都很正確，姿態都很活躍。我們買了許多，拿回寓中，陳列在桌子上仔細欣賞。唐朝的畫家韓幹以畫馬著名於後世。我沒有看見過韓幹的真跡，不知道他的平面造型藝術比較起江西手藝工人的立體造型藝術來高明多少。韓幹是在唐明皇的朝廷裏做大官的。那時候唐明皇有一個擅長畫馬的宮廷畫家叫做陳閎。有一天唐明皇命令韓幹向陳閎學習畫馬。韓幹不奉詔，回答唐明皇說：「臣自有師。陛下內廐之馬，皆臣師也。」我們江西的手藝工人，正

同韓幹一樣，沒有進美術學校從師，就以民間野外的馬為師，他們的技術是全靠平常對活馬觀察研究而進步起來的。我想唐朝時代民間一定也不乏像江西瓷器手藝工人那樣聰明的人，教他們拿起畫筆來未必不如韓幹。只因他們沒有像韓幹那樣做大官，不能獲得皇帝的賞識，因此終身沉淪，湮沒無聞；而韓幹獨僥倖著名於後世。這樣想來，社會制度不良的時代的美術史，完全是偶然形成的。

我們每人出一分錢，搭船到甘棠湖裏的煙水亭去乘涼。這煙水亭建築在像杭州西湖湖心亭那樣的一個小島上，四面是水，全靠渡船交通九江大陸。這小島面積不及湖心亭之半，而樹木甚多。樹下設竹榻賣茶。我們躺在竹榻上喝茶，四面水光豔豔，風聲獵獵，九十度以上的天氣也不覺得熱。有幾個九江女郎也擺渡到這裏的樹蔭底下來洗衣服。每一個女郎所在的岸邊的水面上，都以這女郎為圓心而畫出層層疊疊的半圓形的水浪紋，好像半張極大的留聲機片。這光景真可入畫。我躺在竹榻上，無意中舉目正好望見廬山。陶淵明「採菊東籬下，悠然見南山」[6]，大概就是這種心境吧。預料明天這時光，一定已經身在山中，也許已經看到廬山真面目了。

三、廬山面目

「咫尺愁風雨，匡廬不可登。只疑雲霧裏，猶有六朝

⑤　出自陶淵明《飲酒》其五。

僧。」⑥這位唐朝詩人教我們「不可登」，我們沒有聽他的話，竟在兩小時內乘汽車登上了匡廬。這兩小時內氣候由盛夏迅速進入了深秋。上汽車的時候九十五度，在汽車中先藏扇子，後添衣服，下汽車的時候不過七十幾度了。赴第三招待所的汽車駛過正街鬧市的時候，廬山給我的最初印象竟是桃源仙境：土地平曠，屋舍儼然；有茶館、酒樓，百貨之屬；黃髮垂髫，並怡然自樂。不過他們看見了我們沒有「乃大驚」，因為上山避暑休養的人很多，招待所滿坑滿谷，好容易留兩個房間給我們住。廬山避暑勝地，果然名不虛傳。這一天天氣晴朗。憑窗遠眺，但見近處古木參天，綠陰蔽日；遠處崗巒起伏，白雲出沒。有時一帶樹林忽然不見，變成了一片雲海；有時一片白雲忽然消散，變成了許多樓台。正在凝望之間，一朵白雲冉冉而來，鑽進了我們的房間裏。倘是幽人雅士，一定大開窗戶，歡迎它進來共住；但我猶未免為俗人，連忙關窗謝客。我想，廬山真面目的不容易窺見，就為了這些白雲在那裏作怪。

　　廬山的名勝古跡很多，據說共有兩百多處。但我們十天內遊蹤所到的地方，主要的就是小天池、花徑、天橋、仙人洞、含鄱口、黃龍潭、烏龍潭等處而已，夏禹治水的時候曾經登大漢陽峯，周朝的匡俗曾經在這裏隱居，晉朝的慧遠法師曾經在東林寺門口種松樹，王羲之曾經在歸宗寺洗墨，陶淵明曾經在温泉附近的栗里村住家，李白曾經在五老峯下

---

⑥　出自唐代詩人錢起（751年前後在世）《江行望匡廬》一詩。

讀書，白居易曾經在花徑詠桃花，朱熹曾經在白鹿洞講學，王陽明曾經在捨身巖散步，朱元璋和陳友諒曾經在天橋作戰……古跡不可勝計。然而憑弔也頗傷腦筋，況且我又不是詩人，這些古跡不能激發我的靈感，跑去訪尋也是枉然，所以除了乘便之外，大都沒有專誠拜訪。有時我的太太跟着孩子們去尋幽探險了，我獨自高臥在海拔一千五百公尺的山樓上，看看廬山風景照片和導遊之類的書，山光照檻，雲樹滿窗，塵囂絕跡，涼生枕簟，倒是真正的避暑。我看到天橋的照片，遊興發動起來，有一天就跟着孩子們去尋訪。爬上斷崖去的時候，一位掛着南京大學徽章的教授告訴我：「上面路很難走，老先生不必去吧。天橋的那條石頭大概已經跌落，就只是這麼一個斷崖。」我抬頭一看，果然和照片中所見不同：照片上是兩個斷崖相對，右面的斷崖上伸出一根大石條來，伸向左面的斷崖，但是沒有達到，相距數尺，彷彿一腳可以跨過似的。然而實景中並沒有石條，只是相距若干丈的兩個斷崖，我們所登的便是左面的斷崖。我想：這地方叫做天橋，大概那根石條就是橋，如今橋已經跌落了。我們在斷崖上坐看雲起，臥聽鳥鳴，又拍了幾張照片，逍遙地步行回寓。晚餐的時候，我向管理局的同志探問這條橋何時跌落，他回答我說，本來沒有橋，那照相是從某角度望去所見的光景。啊，我恍然大悟了：那位南京大學教授和我談話的地方，即離開左面的斷崖數十丈的地方，我的確看到有一根不很大的石條伸出在空中，照相鏡頭放在石條附近適當的地方，透視法就把石條和斷崖之間的距離取消，拍下來的就是我所欣賞的照片。我略感不快，彷彿上了資本主義社會

的商業廣告的當。然而就照相術而論，我不能說它虛偽，只是「太」巧妙了些。天橋這個名字也古怪，沒有橋為甚麼叫天橋？

含鄱口左望揚子江，右瞰鄱陽湖，天下壯觀，不可不看。有一天我們果然爬上了最高峯的亭子裏。然而白雲作怪，密密層層地遮蓋了江和湖，不肯給我們看。我們在亭子裏吃茶，等候了好久，白雲始終不散，望下去白茫茫的，一無所見。這時候有一個人手裏拿一把芭蕉扇，走進亭子來。他聽見我們五個人講土白，就和我招呼，說是同鄉。原來他是湖州人，我們石門灣靠近湖州邊界，語音相似。我們就用土白同他談起天來。土白實在痛快，個個字入木三分，極細緻的思想感情也充分表達得出。這位湖州客也實在不俗，句句話都動聽。他說他住在上海，到漢口去望兒子，歸途在九江上岸，乘便一遊廬山。我問他為甚麼帶芭蕉扇，他回答說，這東西妙用無窮：熱的時候搧風，太陽大的時候遮陰，下雨的時候代傘，休息的時候當坐墊，這好比濟公活佛的芭蕉扇。因此後來我們談起他的時候就稱他為濟公活佛。互相敍述遊覽經過的時候，他說他昨天上午才上山，知道正街上的館子規定時間賣飯票，他就在十一點鐘先買了飯票，然後買一瓶酒，跑到小天池，在革命烈士墓前奠了酒，遊覽了一番，然後拿了酒瓶回到館子裏來吃午飯，這頓午飯吃得真開心。這番話我也聽得真開心。白雲只管把揚子江和鄱陽湖封鎖，死不肯給我們看。時候不早，汽車在山下等候，我們只得別了濟公活佛回招待所去。此後濟公活佛就變成了我們的談話資料。姓名地址都沒有問，再見的希望絕少，我們已經

把他當作小説裏的人物看待了。誰知天地之間事有湊巧：幾天之後我們下山，在九江的潯廬餐廳吃飯的時候，濟公活佛忽然又拿着芭蕉扇出現了。原來他也在九江候船返滬。我們又互相敍述別後遊覽經過。此公單槍匹馬，深入不毛，所到的地方比我們多。我只記得他説有一次獨自走到一個古塔的頂上，那裏面跳出一隻黃鼠狼來，他打湖州白説：「渠被吾嚇了一嚇，吾也被渠嚇了一嚇！」我覺得這簡直是詩，不過沒有葉韻。宋楊萬里詩云：「意行偶到無人處，驚起山禽我亦驚。」豈不就是這種體驗嗎？現在有些白話詩不講葉韻，就把白話寫成每句一行，一個「但」字佔一行，一個「不」也佔一行，內容不知道説些甚麼，我真不懂。這時候我想：倘能説得像我們的濟公活佛那樣富有詩趣，不葉韻倒也沒有甚麼。

在九江的潯廬餐廳吃飯，似乎同在上海差不多。山上的吃飯情況就不同：我們住的第三招待所離開正街有三四里路，四周毫無供給，吃飯勢必包在招待所裏，價錢很便宜，飯菜也很豐富。只是聽憑配給，不能點菜，而且吃飯時間限定。原來這不是菜館，是一個膳堂，彷彿學校的飯廳。我有四十年不過飯廳生活了，頗有返老還童之感。跑三四里路，正街上有一所菜館。然而這菜館也限定時間，而且供應量有限，若非趁早買票，難免枵⑦腹遊山。我們在輪船裏的時候，吃飯分五六班，每班限定二十分鐘，必須預先買票。膳

⑦　枵（xiāo），書面語，意為空虛。枵腹即指餓着肚子。

名家散文必讀・豐子愷——

廳裏寫明請勿喝酒。有一個乘客説:「吃飯是一件任務。」我想:輪船裏地方小,人多,倒也難怪;山上遊覽之區,飲食一定便當。豈知山上的菜館不見得比輪船裏好些。我很希望下年這種辦法加以改善。為甚麼呢,這到底是遊覽之區!並不是學校或學習班!人們長年勞動,難得遊山玩水,遊興好的時候難免把吃飯延遲些,跑得肚飢的時候難免想吃些點心。名勝之區的飲食供應倘能滿足遊客的願望,使大家能夠暢遊,豈不是美上加美呢?然而廬山給我的總是好感,在飲食方面也有好感:青島啤酒開瓶的時候,白沫四散噴射,飛濺到幾尺之外。我想,我在上海一向喝光明啤酒,原來青島啤酒氣足得多。回家趕快去買青島啤酒,豈知開出來同光明啤酒一樣,並無白沫飛濺。啊,原來是海拔一千五百公尺的氣壓的關係!廬山上的啤酒真好!

一九五六年九月於上海

黃山印象

◖ **導讀**

有道是「五嶽歸來不看山，黃山歸來不看嶽」，黃山美景，那可是名揚天下。

豐子愷寫黃山，重點是看山。低頭看山，面面看山，於是遠近高低各不同。「國際飯店」的綽號確實好玩，作者説得對，「現實的美感，比古雅更美」，而且這裏還有一種調侃的味道。「異常固然可喜，但是正常更為可愛」，這樣的感悟很平實，不高深，然而很親切。

一些小的細節經作者之筆，就平添了波瀾。比如寫雲的這一段：「它們無心出岫，隨意來往；有時冉冉而降，似乎要闖進寺裏來訪問我的樣子。我便想起某古人的詩句：『白雲無事常來往，莫怪山僧不送迎。』好詩句啊！然而叫我做這山僧，一定閉門不納，因為白雲這東西是很潮濕的。」先是釀造出詩意，然後一下子下降到現實，好像煞風景，但是不做作，又幽默，作者的文字工夫由此可見。

看山，普通總是仰起頭來看的。然而黃山不同，常常要低下頭去看。因為黃山是羣山，登上一個高峯，就可俯瞰羣山。這教人想起杜甫的詩句：「會當凌絕頂，一覽眾山小！」而精神為之興奮，胸襟為之開朗。我在黃山盤桓了十多天，登過紫雲峯、立馬峯、天都峯、玉屏峯、光明頂、獅子林、眉毛峯等山，常常爬到絕頂，有如蘇東坡遊赤壁的「履巉巖，披蒙茸，踞虎豹，登虯龍，攀棲鶻之危巢，俯馮夷之幽宮」。

在黃山中，不但要低頭看山，還要面面看山。因為方向一改變，山的樣子就不同，有時竟完全兩樣。例如從玉屏峯望天都峯，看見旁邊一個峯頂上有一塊石頭很像一隻松鼠，正在向天都峯跳過去的樣子。這景致就叫「松鼠跳天都」。然而爬到天都峯上望去，這松鼠卻變成了一雙鞋子。又如手掌峯，從某角度望去竟像一個手掌，五根手指很分明。然而峯迴路轉，這手掌就變成了一個拳頭。他如「羅漢拜觀音」、「仙人下棋」、「喜鵲登梅」、「夢筆生花」、「鰲魚馱金龜」等景致，也都隨時改樣，變幻無定。如果我是個好事者，不難替這些石山新造出幾十個名目來，讓導遊人增加些講解資料。然而我沒有這種雅興，卻聽到別人新取了兩個很好的名目：有一次我們從西海門憑欄俯瞰，但見無數石山拔地而起，真像萬笏朝天；其中有一個石山由許多方形石塊堆積起來，竟同玩具中的積木一樣，使人不相信是天生的，而疑心是人工的。導遊人告訴我：有一個上海來的遊客，替這石山取個名目，叫做「國際飯店」。我一看，果然很像上海南京路上的國際飯店。有人說這名

目太俗氣，欠古雅。我卻覺得有一種現實的美感，比古雅更美。又有一次，我們登光明頂，望見東海（這海是指雲海）上有一個高峯，腰間有一個缺口，缺口裏有一塊石頭，很像一隻蹲着的青蛙。氣象台裏有一個青年工作人員告訴我：他們自己替這景致取一個名目，叫做「青蛙跳東海」。我一看，果然很像一隻青蛙將要跳到東海裏去的樣子。這名目取得很適當。

翻山過嶺了好幾天，最後逶迤下山，到雲谷寺投宿。這雲谷寺位在羣山之間的一個谷中。由此再爬過一個眉毛峯，就可以回到黃山賓館而結束遊程了。我這天傍晚到達了雲谷寺，發生了一種特殊的感覺，覺得心情和過去幾天完全不同。起初想不出其所以然，後來仔細探索，方才明白原因：原來雲谷寺位在較低的山谷中，開門見山，而這山高得很，用「萬丈」、「插雲」等語來形容似乎還嫌不夠，簡直可用「凌霄」、「逼天」等字眼。因此我看山必須仰起頭來。古語云：「高山仰止」，可見仰起頭來看山是正常的，而低下頭去看山是異常的。我一到雲谷寺就發生一種特殊的感覺，便是因為在好幾天異常之後突然恢復正常的原故。這時候我覺得異常固然可喜，但是正常更為可愛。我躺在雲谷寺宿舍門前的藤椅裏，臥看山景，但見一向異常地躺在我腳下的白雲，現在正常地浮在我頭上了，覺得很自然。它們無心出岫，隨意來往；有時冉冉而降，似乎要闖進寺裏來訪問我的樣子。我便想起某古人的詩句：「白雲無事常來往，莫怪山僧不送迎。」好詩句啊！然而叫我做這山僧，一定閉門不納，因為白雲這東西是很潮濕的。

　　此外也許還有一個原因：雲谷寺是舊式房子，三開間的樓屋。我們住在樓下左右兩間裏，中央一間作為客堂；廊下很寬，佈設桌椅，可以隨意起臥，品茗談話，飲酒看山，比過去所住的文殊院、北海賓館、黃山賓館趣味好得多。文殊院是石造二層樓屋，房間像輪船裏的房艙或火車裏的臥車：約一方丈大小的房間，中央開門，左右兩牀相對，中間靠窗設一小桌，每間都是如此。北海賓館建築宏壯，房間較大，但也是集體宿舍式的：中央一條走廊，兩旁兩排房間，間間相似。黃山賓館建築尤為富麗堂皇，同上海的國際飯店、錦江飯店等差不多。兩賓館都有同上海一樣的衛生設備。這些房屋居住固然舒服，然而太刻板，太洋化；住得長久了，覺得彷彿關在籠子裏。雲谷寺就沒有這種感覺，不像旅館，卻像人家家裏，有親切溫暖之感和自然之趣。因此我一到雲谷寺就發生一種特殊的感覺。雲谷寺倘能添置衛生設備，採用些西式建築的優點：兩賓館的建築倘能採用中國方式，而加西洋設備，使外為中用，那才是我所理想的旅舍了。

　　這又使我回想起杭州的一家西菜館的事，附說在此：此次我遊黃山，道經杭州，曾經到一個西菜館裏去吃一餐午飯。這菜館採用西式的分食辦法，但不用刀叉而用中國的筷子。這辦法好極。原來中國的合食是不好的辦法，各人的唾液都可能由筷子帶進菜碗裏，拌勻了請大家吃。西洋的分食辦法就沒有這弊端，很應該採用。然而西洋的刀叉，中國人實在用不慣，我們還是用筷子便當。這西菜館能採取中西之長，創造新辦法，非常合理，很可讚佩。當時我看見座上多

半是農民，就恍然大悟：農民最不慣用刀叉，這合理的新辦
法顯然是農民教他們創造的。

一九六一年五月二十日於上海

吃瓜子

▌導讀

　　本文原載於 1934 年 5 月 16 日《論語》第 41 期。

　　瓜子很多人都會吃，而且喜歡吃，可是把吃瓜子寫成文章就不一定是每個人都能做到的了，尤其是像豐子愷一樣，寫吃瓜子寫得那麼長。

　　文章首先小題大做地引用了一種言論：中國人人人都能做拿筷子博士、吹煤頭紙博士、吃瓜子博士。由拿筷子、吹煤頭紙到吃瓜子，作者帶着戲謔的口吻娓娓道來。

　　讓我們歎服的是，看上去那麼簡單的嗑瓜子動作，竟然能被作者分解得那麼細緻。比如他寫小姐、太太們吃瓜子，先後用了摘、塞、咬、轉、放、撥、抽等一大堆動詞。這簡直不是吃瓜子，而是演雜技。

　　作者竟然還分析出了吃瓜子的三點妙處：吃不厭、吃不飽、要剝殼。這簡直不是分析吃瓜子，而是探討一個重大的學術命題。

　　當然，戲謔之外有沉痛的批判。作者對中國人的「吃瓜子哲學」是不滿的，他寫吃瓜子，其實是在指責中國人不務實事的國民性，並且深以為憂，所以在文章結尾作者寫道：「我本來見瓜子害怕，寫到這裏，覺得更加害怕了。」這一句點出了文章的主旨。

從前聽人說：中國人人人具有三種博士的資格：拿筷子博士、吹煤頭紙博士、吃瓜子博士。

拿筷子，吹煤頭紙，吃瓜子，的確是中國人獨得的技術。其純熟深造，想起了可以使人吃驚。這裏精通拿筷子法的人，有了一雙筷，可抵刀鋸叉瓢一切器具之用，爬羅剔抉，無所不精。這兩根毛竹彷彿是身體上的一部分，手指的延長，或者一對取食的觸手。用時好像變戲法者的一種演技，熟能生巧，巧極通神。不必說西洋了，就是我們自己看了，也可驚歎。至於精通吹煤頭紙法的人，首推幾位一天到晚捧水煙筒的老先生和老太太。他們的「要有火」比上帝還容易，只消向煤頭紙上輕輕一吹，火便來了。他們不必出數元乃至數十元的代價去買打火機，只要有一張紙，便可臨時在膝上捲起煤頭紙來，向銅火爐蓋的小孔內一插，拔出來一吹，火便來了。我小時候看見我們染坊店裏的管賬先生，有種種吹煤頭紙的特技。我把煤頭紙高舉在他的額旁邊了，他會把下脣伸出來，使風向上吹；我把煤頭紙放在他的胸前了，他會把上脣伸出來，使風向下吹；我把煤頭紙放在他的耳旁了，他會把嘴歪轉來，使風向左右吹；我用手按住了他的嘴，他會用鼻孔吹，都是吹一兩下就着火的。中國人對於吹煤頭紙技術造詣之深，於此可以窺見。所可惜者，自從捲煙和火柴輸入中國而盛行之後，水煙這種「國煙」竟被冷落，吹煤頭紙這種「國技」也很不發達了。生長在都會裏的小孩子，有的竟不會吹，或者連煤頭紙這東西也不曾見過。在努力保存國粹的人看來，這也是一種可慮的現象。近來國內有不少人努力於國粹保存。國醫、國藥、國術、國樂，都

有人在那裏提倡。也許水煙和煤頭紙這種國粹，將來也有人起來提倡，使之復興。

但我以為這三種技術中最進步最發達的，要算吃瓜子。近來瓜子大王的暢銷，便是其老大的證據。據關心此事的人說，瓜子大王一類的裝紙袋的瓜子，最近市上流行的有許多牌子。最初是某大藥房「用科學方法」創製的，後來有甚麼「好吃來公司」、「頂好吃公司」……等種種出品陸續產出。到現在差不多無論哪個窮鄉僻處的糖食攤上，都有紙袋裝的瓜子陳列而傾銷着了。現代中國人的精通吃瓜子術，由此蓋可想見。我對於此道，一向非常短拙，説出來有傷於中國人的體面，但對自家人不妨談談。我從來不曾自動地找求或買瓜子來吃。但到人家作客，受人勸誘時；或者在酒席上、杭州的茶樓上，看見桌上現成放着瓜子盆時，也便拿起來咬。我必須注意選擇，選那較大、較厚，而形狀平整的瓜子，放進口裏，用臼齒「格」地一咬；再吐出來，用手指去剝。幸而咬得恰好，兩瓣瓜子殼各向兩旁擴張而破裂，瓜仁沒有咬碎，剝起來就較為省力。若用力不得其法，兩瓣瓜子殼和瓜仁疊在一起而折斷了，吐出來的時候我就擔憂。那瓜子已縱斷為兩半，兩半瓣的瓜仁緊緊地裝塞在兩半瓣的瓜子殼中，好像日本版的洋裝書，套在很緊的厚紙函中，不容易取它出來。這種洋裝書的取出法，現在都已從日本人那裏學得，不要把指頭塞進厚紙函中去力挖，只要使函口向下，兩手扶着函，上下振動數次，洋裝書自會脱殼而出。然而半瓣瓜子的形狀太小了，不能應用這個方法，我只得用指爪細細地剝取。有時因為練習彈琴，兩手的指爪都剪平，和尚頭一

般的手指對它簡直毫無辦法。我只得乘人不見把它拋棄了。在痛感困難的時候，我本擬不再吃瓜子了。但拋棄了之後，覺得口中有一種非甜非鹹的香味，會引逗我再吃。我便不由地伸起手來，另選一粒，再送交臼齒去咬。不幸而這瓜子太燥，我的用力又太猛，「格」地一響，玉石不分，咬成了無數的碎塊，事體就更糟了。我只得把粘着唾液的碎塊盡行吐出在手心裏，用心挑選，剔去殼的碎塊，然後用舌尖舐食瓜仁的碎塊。然而這挑選頗不容易，因為殼的碎塊的一面也是白色的，與瓜仁無異，我誤認為全是瓜仁而舐進口中去嚼，其味雖非嚼蠟，卻等於嚼砂。殼的碎片緊緊地嵌進牙齒縫裏，找不到牙簽就無法取出。碰到這種釘子的時候，我就下個決心，從此戒絕瓜子。戒絕之法，大抵是喝一口茶來漱一漱口，點起一支香煙，或者把瓜子盆推開些，把身體換個方向坐了，以示不再對它發生關係。然而過了幾分鐘，與別人談了幾句話，不知不覺之間，會跟了別人而伸手向盆中摸瓜子來咬。等到自己覺察破戒的時候，往往是已經咬過好幾粒了。這樣，吃了非戒不可，戒了非吃不可；吃而復戒，戒而復吃，我為它受盡苦痛。這使我現在想起了瓜子覺得害怕。

　　但我看別人，精通此技的很多。我以為中國人的三種博士才能中，咬瓜子的才能最可欽佩。常見閒散的少爺們，一隻手指間夾着一支香煙，一隻手握着一把瓜子，且吸且咬，且咬且吃，且吃且談，且談且笑。從容自由，真是「交關寫意」！他們不須揀選瓜子，也不須用手指去剝。一粒瓜子塞進了口裏，只消「格」地一咬，「呸」地一吐，早已把所有的殼吐出，而在那裏嚼食瓜子的肉了。那嘴巴真像一具精巧

靈敏的機器，不絕地塞進瓜子去，不絕地「格」，「呸」，「格」，「呸」……全不費力，可以永無罷休。女人們、小姐們的咬瓜子，態度尤加來得美妙：她們用蘭花似的手指摘住瓜子的圓端，把瓜子垂直地塞在門牙中間，而用門牙去咬它的尖端。「的，的」兩響，兩瓣殼的尖頭便向左右綻裂。然後那手敏捷地轉個方向，同時頭也幫着了微微地一側，使瓜子水平地放在門牙口，用上下兩門牙把兩瓣殼分別撥開，咬住了瓜子肉的尖端而抽它出來吃。這吃法不但「的，的」的聲音清脆可聽，那手和頭的轉側的姿勢窈窕得很，有些兒嫵媚動人。連丟去的瓜子殼也模樣姣好，有如朵朵蘭花。由此看來，咬瓜子是中國少爺們的專長，而尤其是中國小姐、太太們的拿手戲。

在酒席上、茶樓上，我看見過無數咬瓜子的聖手。近來瓜子大王暢銷，我國的小孩子們也都學會了咬瓜子的絕技。我的技術，在國內不如小孩子們遠甚，只能在外國人面前佔勝。記得從前我在赴橫濱的輪船中，與一個日本人同艙。偶檢行篋，發見親友所贈的一罐瓜子。旅途寂寥，我就打開來和日本人共吃。這是他平生沒有吃過的東西，他覺得非常珍奇。在這時候，我便老實不客氣地裝出內行的模樣，把吃法教導他，並且示範地吃給他看。託祖國的福，這示範沒有失敗。但看那日本人的練習，真是可憐得很！他如法將瓜子塞進口中，「格」地一咬，然而咬時不得其法，將唾液把瓜子的外部完全浸濕，拿在手裏剝的時候，滑來滑去，無從下手，終於滑落在地上，無處尋找了。他空嚥一口唾液，再選一粒來咬。這回他剝時非常小心，把咬碎了的瓜子陳列

在艙中的食桌上，俯伏了頭，細細地剝，好像修理鐘錶的樣子。約莫一二分鐘之後，好容易剝得了些瓜仁的碎片，鄭重地塞進口裏去吃。我問他滋味如何，他點點頭連稱 umai，umai！（好吃，好吃！）我不禁笑了出來。我看他那闊大的嘴裏放進一些瓜仁的碎屑，猶如滄海中投以一粟，虧他辨出 umai 的滋味來。但我的笑不僅為這點滑稽，半由於驕矜自誇的心理。我想，這畢竟是中國人獨得的技術，像我這樣對於此道最拙劣的人，也能在外國人面前佔勝，何況國內無數精通此道的少爺、小姐們呢？

發明吃瓜子的人，真是一個了不起的天才！這是一種最有效的「消閒」法。要「消磨歲月」，除了抽鴉片以外，沒有比吃瓜子更好的方法了。其所以最有效者，為了它具備三個條件：一、吃不厭；二、吃不飽；三、要剝殼。

俗語形容瓜子吃不厭，叫做「勿完勿歇」。為了它有一種非甜非鹹的香味，能引逗人不斷地要吃。想再吃一粒不吃了，但是嚼完吞下之後，口中餘香不絕，不由你不再伸手向盆中或紙包裏去摸。我們吃東西，凡一味甜的，或一味鹹的，往往易於吃厭。只有非甜非鹹的，可以久吃不厭。瓜子的百吃不厭，便是為此。有一位老於應酬的朋友告訴我一段吃瓜子的趣話：說他已養成了見瓜子就吃的習慣。有一次同了朋友到戲館裏看戲，坐定之後，看見茶壺的旁邊放着一包打開的瓜子，便隨手向包裏掏取幾粒，一面咬着，一面看戲。咬完了再取，取了再咬。如是數次，發見鄰席的不相識的觀劇者也來掏取，方才想起了這包瓜子的所有權。低聲問他的朋友：「這包瓜子是你買來的麼？」那朋友說：「不。」

他才知道剛才是擅吃了人家的東西，便向鄰座的人道歉。鄰座的人很漂亮，付之一笑，索性正式地把瓜子請客了。由此可知瓜子這樣東西，對中國人有非常的吸引力，不管三七二十一，見了瓜子就吃。

俗語形容瓜子吃不飽，叫做「吃三日三夜，長個屎尖頭。」因為這東西分量微小，無論如何也吃不飽，連吃三日三夜，也不過多排泄一粒屎尖頭。為消閒計，這是很重要的一個條件。倘分量大了，一吃就飽，時間就無法消磨。這與賑饑的糧食，目的完全相反。賑饑的糧食求其吃得飽，消閒的糧食求其吃不飽。最好只嚐滋味而不吞物質。最好越吃越餓，像羅馬亡國之前所流行的「吐劑」一樣，則開筵大嚼，醉飽之後，咬一下瓜子可以再來開筵大嚼。一直把時間消磨下去。

要剝殼也是消閒食品的一個必要條件。倘沒有殼，吃起來太便當，容易飽，時間就不能多多消磨了。一定要剝，而且剝的技術要有聲有色，使它不像一種苦工，而像一種遊戲，方才適合於有閒階級的生活，可讓他們愉快地把時間消磨下去。

具足以上三個利於消磨時間的條件的，在世間一切食物之中，想來想去，只有瓜子。所以我說發明吃瓜子的人是了不起的天才。而能盡量地享用瓜子的中國人，在消閒一道上，真是了不起的積極的實行家！試看糧食店、南貨店裏的瓜子的暢銷，試看茶樓、酒店、家庭中滿地的瓜子殼，便可想見中國人在「格，呸」、「的，的」的聲音中消磨去的時間，每年統計起來為數一定可驚。將來此道發展起來，恐怕

是全中國也可消滅在「格，呸」、「的、的」的聲音中呢。

我本來見瓜子害怕，寫到這裏，覺得更加害怕了。

二十三（1934）年四月二十日

手 指

導讀

　　在《手指》這篇文章中，豐子愷把從拇指到小指的五指，分別比為農人、工人、官吏、紈絝兒和弱者。其實，進行這種擬人化的聯想並不困難，困難的是如何坐實這種聯想。沒有高超的描寫能力和強大的想像力，是不成的。

　　作者在描述每一根手指時抓住了兩點：它的形象和它所承擔的責任。他的擬人，是把每一根手指徹頭徹尾地想像成一個人。真是幸虧有作者的錦心繡口、生花妙筆，他熟稔而又輕鬆地把他的人生經歷、知識儲備調動起來，融入文章。或比喻，或排比，縱橫中外，談古論今，平時看來普通平常的五個手指，立時就像樣貌、身形、姿態、性情迥異的五個人一般，從紙上站了起來，他們的一顰一笑、一舉一動都如此生動地浮現在讀者的眼前。我們忽然發現，我們竟然很少這樣去感受、體驗手指，文中的每個「手指人」就立刻新鮮起來。這就是世事洞明皆學問。

　　但作者並非止於諧謔地對人的五個手指作一番聯想比喻，如此的話，這篇文章就會僅僅是一篇娛樂閒文。作者行文至結尾處，忽地筆鋒一轉，點明文章主旨，意在號召全國同胞，不分階級，不論工商仕農學，要團結一致，抵禦外侮。本文作於盧溝橋事變的前一年，時值日軍即將全面發動侵華戰爭，時局一片風雨

欲來之勢，作者於此時作此文，由小及大可見其憂慮國家民族的拳拳之心。同時，作者做人作文的高度和深度，也由此得見。

　　已故日本藝術論者上田敏的藝術論中，曾經説過這樣的話：「五根手指中，無名指最美。初聽這話不易相信，手指頭有甚麼美醜呢？但仔細觀察一下，就可看見無名指在五指中，形狀最為秀美……」大意如此，原文已不記得了。

　　我從前讀到他這一段話時，覺得很有興趣。這位藝術論者的感覺真鋭敏，趣味真豐富！五根手指也要細細觀察而加以美術的批評。但也只對他的感覺與趣味發生興味，卻未能同情於他的無名指最美説。當時我也為此伸出自己的手來仔細看了一會。不知是我的視覺生得不好，還是我的手指生得不好之故，始終看不出無名指的美處。注視了長久，反而覺得噁心起來：那些手指都好像某種蛇蟲，而無名指尤其蜿蜒可怕。假如我的視覺與手指沒有毛病，上田氏所謂最美，大概就是指這一點罷？

　　這回我偶然看看自己的手，想起了上田氏的話。我知道了：上田氏的所謂「美」，是唯美的美。借他們的國語説，是 onnarashii [1]（女相的）的美，不是 otokorashii [2]（男相的）的美。在繪畫上説，這是「拉費爾（拉斐爾）前派」（PreRaphaelists）一流的優美，不是賽尚痕（塞尚）（Cézanne）以後的健美。在美術潮流上説，這是世紀末的頹廢的美，不是新時代感覺的力強的美。

　　但我仍是佩服上田先生的感覺的鋭敏與趣味的豐富。因為他這句話指示了我對於手指的鑒賞。我們除殘廢者外，大

[1][2]　日語的英語音譯。

家隨時隨地隨身帶着十根手指，永不離身，也可謂相親相近了；然而難得有人鑒賞它們，批評它們。這也不能不說是一種疏忽！仔細鑒賞起來，一隻手上的五根手指，實在各有不同的姿態，各具不同的性格。現在我想為它們逐一寫照：

大指在五指中，是形狀最難看的一人。他自慚形穢，常常退居下方，不與其他四者同列。他的身體矮而胖，他的頭大而肥，他的構造簡單，人家都有兩個關節，他只有一個。因此他的姿態醜陋、粗俗、愚蠢、而野蠻，有時看了可怕。記得我小時候，我鄉有一個捉狗屎的瘋子，名叫顧德金的，看見了我們小孩子，便舉起手來，捏一個拳，把大指豎立在上面，而向我們彎動大指的關節。這好像一支手槍正要向我們射發，又好像一個怪物正在向我們點頭，我們見了最害怕，立刻逃回家中，依在母親身旁。屢屢如此，後來母親就利用「顧德金來了」一句話來作為阻止我們惡戲的法寶了。為有這一段故事，我現在看了大指的姿態越覺可怕。但不論姿態，想想他的生活看，實在不可怕而可敬。他在五指中是工作最吃苦的工人。凡是享樂的生活，都由別人去做，輪不着他。例如吃香煙，總由中指食指持煙，他只得伏在裏面摸摸香煙屁股；又如拉胡琴，總由其他四指按弦，卻叫他相幫扶住琴身；又如彈風琴彈洋琴，在十八世紀以前也只用其他四指；後來德國音樂家罷哈（巴赫）（Sebastian Bach）總算提拔他，請他也來彈琴；然而按鍵的機會，他總比別人少。又凡是討好的生活，也都由別人去做，輪不着他。例如招呼人，都由其他四人上前點頭，他只得呆呆地站在一旁；又如搔癢，也由其他四人上前賣力，他只得退在後面。反之，凡

是遇着吃力的工作，其他四人就都退避，讓他上前去應付。例如水要噴出來，叫他死力抵住；血要流出來，叫他拚命捺住；重東西要翻倒去，叫他用勁扳住；要吃果物了，叫他細細剝皮；要讀書了，叫他翻書頁；要進門了，叫他撳電鈴；天黑了，叫他開電燈；醫生打針的時候還要叫他用力把藥水注射到血管裏去。種種苦工，都歸他做，他決不辭勞。其他四人除了享樂的、討好的事用他不着外，稍微吃力一點的就都要他幫忙。他的地位恰好站在他們的對面，對無論哪個都肯幫忙。他人沒有了他的助力，事業都不成功。在這點上看來，他又是五指中最重要、最力強的分子。位列第一，而名之曰「大」，曰「巨」，曰「拇」，誠屬無愧。日本人稱此指曰「親指」（coyayubi）[3]，又用為「丈夫」的記號；英國人稱「受人節制」曰「under one's thumb」，其重要與力強於此蓋可想見。用人羣作比，我想把大拇指比方農人。

難看，吃苦，重要，力強，都比大拇指稍差，而最常與大拇指合作的，是食指。這根手指在形式上雖與中指，無名指，小指這三個有閒階級同列，地位看似比勞苦階級的大拇指高得多，其實他的生活介乎兩階級之間，比大拇指舒服得有限，比其他三指吃力得多！這在他的姿態上就可看出。除了大拇指以外，他最蒼老：頭團團的，皮膚硬硬的，指爪厚厚的。周身的姿態遠不及其他三指的窈窕，都是直直落落的強硬的曲線。有的食指兩旁簡直成了直線，而且從頭

---

③　日語的英語音譯。

至尾一樣粗細，猶似一段香腸。因為他實在是個勞動者。他的工作雖不比大拇指的吃力，卻比大拇指的複雜。拿筆的時候，全靠他推動筆桿，拇指扶着，中指襯着，寫出種種複雜的字來。取物的時候，他出力最多，拇指來助，中指等難得來襯。遇到齷齪的危險的事，都要他獨個人上前去試探或冒險。穢物，毒物，烈物，他接觸的機會最多；刀傷，燙傷，軋傷，咬傷，他消受的機會最多。難怪他的形骸要蒼老了。他的氣力雖不及大拇指那麼強，然而他具有大拇指所沒有的「機敏」。故各種重要工作都少他不得。指揮方向必須請他，打自動電話必須請他，扳槍機也必須請他。此外打算盤、捻螺旋、解鈕扣等，雖有大拇指相助，終是要他主幹的。總之，手的動作，差不多少他不來，凡事必須請他上前作主。故英人稱此指為 fore-finger [4]，又稱之為 index [5]，我想把食指比方工人。

　　五指中地位最優、相貌最堂皇的，無如中指。他住在中央，左右都有屏藩。他的身體最高，在形式上是眾指中的首領人物。他的兩個貼身左右，無名指與食指，大小長短均彷彿，好像關公左右的關平與周蒼，一文一武，片刻不離地護衞着。他的身體夾在這兩個人中間，永遠不受外物衝撞，故皮膚秀嫩，顏色紅潤，曲線優美，處處顯示着養尊處優的幸福，名義又最好聽，大家稱他為「中」，日本人更敬重他，

[4]　英語，fore 意為「前面的，前部的，預先的」，finger 意為手指。
[5]　英語，意為「表明，指示」，也指食指。

又尊稱之為「高高指」（takatakayubi）⑥。但講到能力，他其實是徒有其形，徒美其名，徒尸其位，而很少用處的人。每逢做事，名義上他總是參加的，實際上他總不出力，譬如攫取一物，他因為身體最長，往往最先碰到物，好像取得這物是他一人的功勞。其實，他一碰到之後就退在一旁，讓大拇指和食指這兩個人去出力搬運，他只在旁略為扶襯而已。又如推卻一物，他因為身體最長，往往與物最先接觸，好像推卻這物是他一人的功勞。其實，他一接觸之後就退在一旁，讓大拇指和食指這兩個人去出力推開，他只在旁略為助熱而已。《左傳》中「闔廬傷將指」句下註云：「將指，足大指也。言其將領諸指。足之用力大指居多。手之取物中指為長。故足以大指為將，手以中指為將。」可見中指在眾手指中，好比兵士中的一個將官，令兵士們上前殺戰，而自己退在後面。名義上他也參加戰爭，實際上他不必出力。我想把中指比方官吏。

　　無名指和小指，真的兩個寶貝！姿態的優美無過於他們。前者的優美是女性的，後者的優美是兒童的。他們的皮膚都很白嫩，體態都很秀麗，樣子都很可愛。然而，能力的薄弱也無過於他們了。無名指本身的用處，只有研脂粉，蘸藥末，戴指戒。日本人稱他為「紅差指」（benisashiyubi）⑦，是說研磨胭脂粉用的指頭。又稱他為

---

⑥　日語的英語音譯。
⑦　日語的英語音譯。

「藥指」（kusuriyubi）[8]，就是說有時靠他研研藥末，或者蘸些藥末來敷在患處。英國人稱他為 ring [9] finger，就是為他愛戴指戒的原故。至於小指的本身的用處，更加藐小，只是挖挖耳朵，扒扒鼻涕而已。他們也有被重用的時候：在絲竹管弦上，他們的能力不讓於別人。當一個戴金剛鑽指戒的女人要在交際社會中顯示她的美麗與富有的時候，常用「蘭花手指」撮了香煙或酒杯來敬呈她所愛慕的人，這兩根手指正是這朵「蘭花」中最優美的兩瓣。除了這等享樂的光榮的事以外，遇到工作，他們只是其他三指的無力的附庸。我想把無名指比方紈綺兒，把小指比方弱者。

故我不能同情於上田氏的無名指最美說，認為他的所謂美是唯美，是優美，是頹廢的美。同時我也無心別唱一說，在五指中另定一根最美的手指。我只覺五指的姿態與性格，有如上之差異，卻並無愛憎於其間。我覺得手指的全體，同人羣的全體一樣。五根手指倘能一致團結，成為一個拳頭以抵抗外侮，那就根根有效，根根有力量，不復有善惡強弱之分了。

二十五（1936）年三月三十一日

⑧　日語的英語音譯。
⑨　英文，意為戒指。

告緣緣堂在天之靈

◖ 導讀

本文原載於 1938 年 5 月 1 日《宇宙風》第 67 期。

文章寫的是一所房子，但作者使用了第二人稱，這就造成了一種傾訴的口吻。行文之間，他好像在悼念自己的友人，撫摸自己的孩子一樣。

文章的脈絡是很清晰的。先寫命名的緣起，次寫總體的裝修和設計，然後一一描述四季中花草縈繞、兒女繞膝的難忘生活。一直到此，作者的文字都是溫和、愉悅的。

但是，寫到「相處的最後一日」，文章的口氣開始變得憤怒、悲哀起來。我們也開始讀到炸彈的轟鳴、老貓的哀叫、餓狗的低吠、老人的咳嗽和小孩子嚼花生米的「清晰而響亮」的聲音……這些音響混合在一起，全然是「風雨如晦，雞鳴不已」的亂世景象。對緣緣堂的被毀，作者是沉痛的。

兩相對比，我們不難感到作者對侵略者的無言的控訴。於是，文章最後一段直抒胸臆的文字，就自然湧出了，汩汩滔滔，不可遏抑。

去年十一月中，我被暴寇所逼，和你分手，離石門灣，經杭州，到桐廬小住。後來暴寇逼杭州，我又離桐廬經衢州、常山、上饒、南昌，到萍鄉小住。其間兩個多月，一直不得你的消息，我非常掛念。直到今年二月九日，上海裘夢痕寫信來，說新聞報上登着：石門灣緣緣堂於一月初全部被毀。噩耗傳來，全家為你悼惜。我已寫了一篇《還我緣緣堂》為你伸冤（登在《文藝陣線》[①]上），現在離開你的忌辰已有百日，想你死後，一定有知。故今晨虔具清香一支，為你禱祝，並為此文告你在天之靈：

你本來是靈的存在。中華民國十五年，我同弘一法師住在江灣永義裏的租房子裏，有一天我在小方紙上寫許多我所喜歡而可以互相搭配的文字，團成許多小紙球，撒在釋迦牟尼畫像前的供桌上，拿兩次鬮，拿起來的都是「緣」字，就給你命名曰「緣緣堂」。當即請弘一法師給你寫一橫額，付九華堂裝裱，掛在江灣的租屋裏。這是你的靈的存在的開始，後來我遷居嘉興，又遷居上海，你都跟着我走，猶似形影相隨，至於八年之久。

到了中華民國廿二年春，我方才給你賦形，在我的故鄉石門灣的梅紗弄裏，吾家老屋的後面，建造高樓三楹，於是你就墮地。弘一法師所寫的橫額太小，我另請馬一浮先生為你題名。馬先生給你寫三個大字，並在後面題一首偈：

名家散文必讀‧豐子愷

① 《文藝陣線》，係作者筆誤，應為《文藝陣地》。

能緣所緣本一體，收入鴻濛入雙眥。

畫師觀此悟無生，架屋安名聊寄耳。

一色一香盡中道，即此 ×× 非動止。

不妨彩筆繪虛空，妙用皆從如幻起。

　　第一句把我給你的無意的命名加了很有意義的解釋，我很歡喜，就給你裝飾；我辦一塊數十年陳舊的銀杏板，請雕工把字鐫上，製成一匾。堂成的一天，我在這匾上掛了綵球，把它高高地懸在你的中央。這時候想你一定比我更加歡喜。後來我又請弘一法師把《大智度論・十喻贊》寫成一堂大屏，託杭州翰墨林裝裱了，掛在你的兩旁。匾額下面，掛着吳昌碩②繪的老梅中堂。中堂旁邊，又是弘一法師寫的一副大對聯，文為《華嚴經》句：「欲為諸法本，心如工畫師。」大對聯的旁邊又掛上我自己寫的小對聯，用杜詩句：「暫止飛烏才數子，頻來語燕定新巢。」中央間內，就用以上這幾種壁飾，此外毫無別的流俗的瑣碎的掛物，堂堂莊嚴，落落大方，與你的性格很是調和。東面間裏，掛的都是沈子培③的墨跡，和幾幅古畫。西面一間是我的書房，四壁圖書之外，風琴上又掛着弘一法師寫的長對，文曰：「真觀清淨觀，廣大智

②　吳昌碩（1844—1927），本名吳俊卿，字昌碩，浙江人，晚清著名畫家、書法家、篆刻家，清晚期海派的代表人物。

③　沈子培（1850—1922），本名沈曾植，字子培，浙江人，博古通今，學貫中西，譽稱「中國大儒」。

慧觀，梵音海潮音，勝彼世間音。」最近對面又掛着我自己寫的小對，用王荊公④之妹長安縣君⑤的詩句：「草草杯盤供語笑，昏昏燈火話平生。」因為我家不裝電燈（因為電燈十一時即熄，且無火表。），用火油燈。我的親戚老友常到我家閒談平生，清茶之外，佐以小酌，直至上燈不散。油燈的暗淡和平的光度與你的建築的親和力，籠罩了座中人的感情，使他們十分安心，談話娓娓不倦。故我認為油燈是與你全體很調和的。總之，我給你賦形，非常注意你全體的調和，因為你處在石門灣這個古風的小市鎮中，所以我不給你穿洋裝，而給你穿最合理的中國裝，使你與環境調和。因為你不穿洋裝，所以我不給你配置摩登家具，而親繪圖樣，請木工特製最合理的中國式家具，使你內外完全調和。記得有一次，上海的友人要買一個木雕的捧茶盤的黑人送我，叫我放在室中的沙發椅子旁邊。我婉言謝絕了。因為我覺得這家具與你的全身很不調和，與你的精神更相反對。你的全身簡單樸素，堅固合理；這東西卻怪異而輕巧。你的精神和平幸福，這東西以黑奴為俑，殘忍而非人道。凡類於這東西的東西，皆不容於緣緣堂中。故你是靈肉完全調和的一件藝術品！我同你相處雖然只有五年，這五年的生活，真足夠使我回想：

　　春天，兩株重瓣桃戴了滿頭的花，在你的門前站崗。門內朱欄映着粉牆，薔薇襯着綠葉。院中的鞦韆亭亭地站着，

---

④　王荊公，即王安石（1021—1086），北宋傑出的政治家、思想家、文學家、改革家，「唐宋八大家」之一。

⑤　長安縣君，指王安石的大妹妹王淑文，長安縣君為其封號。

簷下的鐵馬丁東地唱着。堂前有呢喃的燕語，窗中傳出弄剪刀的聲音。這一片和平幸福的光景，使我永遠不忘。

夏天，紅了的櫻桃與綠了的芭蕉在堂前作成強烈的對比，向人暗示「無常」的至理。葡萄棚上的新葉把室中的人物映成青色，添上了一層畫意。垂簾外時見參差的人影，鞦韆架上常有和樂的笑語。門前剛才挑過一擔「新市水蜜桃」，又挑來一擔「桐鄉醉李」。堂前喊一聲：「開西瓜了！」霎時間樓上樓下走出來許多兄弟姊妹，傍晚來一個客人，芭蕉蔭下立刻擺起小酌的座位。這一種歡喜暢快的生活，使我永遠不忘。

秋天，芭蕉的長大的葉子高出牆外，又在堂前蓋造一個重疊的綠幕。葡萄棚下的梯子上不斷地有孩子們爬上爬下。窗前的几上不斷地供着一盆本產的葡萄。夜間明月照着高樓，樓下的水門汀好像一片湖光。四壁的秋蟲齊聲合奏，在枕上聽來渾似管弦樂合奏。這一種安閒舒適的情況，使我永遠不忘。

冬天，南向的高樓中一天到晚曬着太陽。溫暖的炭爐裏不斷地煎着茶湯。我們全家一桌人坐在太陽裏吃冬舂米飯，吃到後來都要出汗解衣裳。廊下堆着許多曬乾的芋頭，屋角裏擺着兩三壇新米酒，菜櫥裏還有自製的臭豆腐乾和黴千張。星期六的晚上，孩子們陪我寫作到夜深，常在火爐裏煨些年糕，洋灶上煮些雞蛋來充冬夜的飢腸。這一種溫暖安逸的趣味，使我永遠不忘。

你是我安息之所。你是我的歸宿之處。我正想在你的懷裏度我的晚年，我準備在你的正寢裏壽終。誰知你的年齡還不滿

六歲，忽被暴敵所摧殘，使我流離失所，從此不得與你再見！

　　猶記得我同你相處的最後的一日：那是去年十一月六日，初冬的下午，芭蕉還未凋零，長長的葉子要同粉牆爭高，把濃重的綠影送到窗前。我坐在你的西室中對着蔣堅忍著的《日本帝國主義侵略中國史》，一面閱讀，一面札記，準備把日本侵華的無數事件——自明代倭寇擾海岸直至「八一三」⑥的侵略戰——一一用漫畫寫出，編成一冊《漫畫日本侵華史》，照《護生畫集》的辦法，以最廉價廣銷各地，使略識之無的中國人都能了解，使未受教育的文盲也能看懂。你的小主人們因為杭州的學校都遷移了，沒有進學，大家圍着窗前的方桌，共同自修幾何學。你的主母等正在東室裏做她們的縫紉。兩點鐘光景忽然兩架敵機在你的頂上出現。飛得很低，聲音很響，來而復去，去而復來，正在石門灣的上空兜圈子。我知道情形不好，立刻起身喚家人一齊站在你的牆下。忽然，砰的一聲，你的數百塊窗玻璃齊聲叫喊起來。這分明是有炸彈投在石門灣的市內了，然我還是猶豫未信。我想，這小市鎮內只有四五百份人家，都是無辜的平民，全無抗戰的設備。即使暴敵殘忍如野獸，炸彈也很費錢，料想他們是不肯濫投的，誰知沒有想完，又是更響的兩聲。**轟！轟！**你的牆壁全部發抖，你的地板統統跳躍，桌子上的熱水瓶和水煙筒一齊翻落地上。這兩個炸彈投在你後門

⑥　指「八・一三」事變，1937 年 8 月 13 日，日軍對上海發動了大規模進攻，上海軍民奮起抵抗，開始了歷時三個月之久的淞滬會戰。

口數丈之外！這時候我家十人準備和你同歸於盡了。因為你在周圍的屋子中，個子特別高大，樣子特別惹眼，是一個最大的目標。我們也想離開了你，逃到野外去。然而窗外機關槍聲不斷，逃出去必然是尋死的。

與其死在野外，不如與你同歸於盡，所以我們大家站着不動，幸而炸彈沒有光降到你身上。東市南市又繼續砰砰地響了好幾聲。兩架敵機在市空盤旋了兩個鐘頭，方才離去。事後我們出門探看，東市燒了房屋，死了十餘人，中市毀了涼棚，也死了十餘人。你的後門口數丈之外，躺着五個我們的鄰人。有的腦漿迸出，早已殞命。有的吟呻叫喊，伸起手來向旁人說：「救救我呀！」公安局統計，這一天當時死三十二人，相繼而死者共有一百餘人。殘生的石門灣人疾首蹙額地互相告曰：「一定是乍浦登陸了，明天還要來呢，我們逃避吧！」是日傍晚，全鎮逃避一空。有的背了包裹步行入鄉，有的扶老攜幼，搭小舟入鄉。四五百份人家門戶嚴扃⑦，全鎮頓成死市。我正求船不得，南沈濱的親戚蔣氏兄弟一齊趕到並且放了一隻船來。我們全家老幼十人就在這一天的灰色的薄暮中和你告別，匆匆入鄉。大家以為暫時避鄉，將來總得回來的。誰知這是我們相處的最後一日呢？

我猶記得我同你訣別的最後的一夜，那是十一月十五日，我在南沈濱鄉間已經避居九天了。九天之中，敵機常常來襲。我們在鄉間望見它們從海邊飛來，到達石門灣市空，

---

⑦　扃（jiōng），意為關門。

從容地飛下，公然地投彈。幸而全市已空，他們的炸彈全是白費的。因此，我們白天都不敢出市。到了晚上，大家出去搬取東西。這一天我同你的小主人陳寶，黑夜出市，回家取書，同時就是和你訣別。我走進你的門，看見芭蕉孤危地矗立着，二十餘扇玻璃窗緊緊地閉着，全部寂靜，毫無聲息。缺月從芭蕉間照着你，作淒涼之色。我跨進堂前，看見一隻餓瘦了的黃狗躺在沙發椅子上，被我用電筒一照，突然起身，給我嚇了一跳。我走上樓梯，樓門邊轉出一隻餓瘦了的老黑貓來，舉頭向我注視，發出數聲悠長而無力的叫聲，並且依依在陳寶的腳邊，不肯離去。我們找些冷飯殘菜餵了貓狗，然後開始取書。我把我所歡喜的，最近有用的，和重價買來的書選出了兩網籃，明天飭人送到鄉下。為恐敵機再來投燒夷彈，毀了你的全部。但我竭力把這念頭遏住，勿使它明顯地浮出到意識上來，因為我不忍讓你被毀，不願和你永訣的！我裝好兩網籃書，已是十一點鐘，肚裏略有些飢。開開櫥門，發見其中一包花生和半瓶玫瑰燒酒，就拿到堂西的書室裏放在「草草杯盤供語笑，昏昏燈火話平生」的對聯旁邊的酒桌子上，兩人共食。我用花生下酒，她吃花生相陪。我發現她嚼花生米的聲音特別清晰而響亮，各隆，各隆，各隆，各隆……好像市心裏演戲的鼓聲。我的酒杯放到桌子上，也戛然地振響，滿間屋子發出回聲。這使我感到環境的靜寂，絕對的靜寂，死一般的靜寂，為我生以來所未有。我拿起電筒，同陳寶二人走出門去，看一看這異常的環境，我們從東至西，從南到北，穿遍了石門灣的街道，不見半個人影，不見半點火光。但有幾條餓瘦了的狗躺在巷口，

見了我們，勉強站起來，發出幾聲悽慘的憤懣的叫聲。只有下西弄裏一家鋪子的樓上，有老年人的咳嗽聲，其聲為環境的寂靜所襯托，異常清楚，異常可怕。我們不久就回家。我們在你的樓上的正寢中睡了半夜。天色黎明，即起身入鄉，恐怕敵機一早就來。我出門的時候，回頭一看，朱欄映着粉牆，櫻桃傍着芭蕉，二十多扇玻璃窗緊緊地關閉着，在黎明中反射出慘淡的光輝。我在心中對你告別：「緣緣堂，再會吧！我們將來再見！」誰知這一瞬間正是我們的永訣，我們永遠不得再見了！

以上我說了許多往事，似有不堪回首之悲，其實不然！我今謹告你在天之靈，我們現在雖然不得再見，但這是暫時的，將來我們必有更光榮的團聚。因為你是暴敵的侵略的炮火所摧殘的，或是我們的神聖抗戰的反攻的炮火所焚毀的。倘屬前者，你的在天之靈一定同我一樣地憤慨，翹盼着最後的勝利為你復仇，決不會悲哀失望的。倘屬後者，你的在天之靈一定同我一樣地毫不介意；料想你被焚時一定驀地成空，讓神聖的抗戰軍安然通過，替你去報仇，也決不會悲哀失望的。不但不會悲哀失望，我又覺得非常光榮。因為我們是為公理而抗戰，為正義而抗戰，為人道而抗戰。我們為欲殲滅暴敵，以維持世界人類的和平幸福，我們不惜焦土。你做了焦土抗戰的先鋒，這真是何等光榮的事。最後的勝利快到了！你不久一定會復活！我們不久一定團聚，更光榮的團聚！

一九三八年

佛 無 靈

◖ 導讀

　　本文原載於 1938 年 8 月 13 日《抗戰文藝》第 2 卷第 4 期。
這是一篇很有現實針對性的文章。

　　作者本是信佛、吃素的人，又畫過《護生畫集》，在佛陀
面前做了不少工夫。雖然如此，可他家的房子還是毀於日軍的炮
火。於是很多人代他埋怨佛陀沒有保佑他，抱怨「佛無靈」。

　　作者批駁了這種觀念。因為在他看來，許多人之所以信佛、
吃素、放生，不過是為了求得一己的私利，完全等於「同佛做買
賣，靠佛圖利，吃佛飯」。這種信仰從根本上就變味了。我們身
邊，這樣的人很多。

　　與此相反，作者認為，信佛無須拘泥於佛，「真是信佛，應
該理解佛陀四大皆空之義，而擯除私利；應該體會佛陀的物我一
體，廣大慈悲之心，而護愛羣生」。吃素、拜佛、不殺生，是很次
要的。能夠推己及人、民胞物與，是不是信佛，完全不重要。這
是作者的通達之處、高明之處。

　　文章最後表達出來的堅定的民族立場，也讓人肅然起敬。

　　我家的房子——緣緣堂——於去冬吾鄉失守時被敵寇的燒夷彈焚毀了。我率全眷避地萍鄉，一兩個月後才知道這消息。當時避居上海的同鄉某君作詩以弔，內有句云：「見語緣緣堂亦毀，眾生浩劫佛無靈。」第二句下面註明這是我的老姑母的話。我的老姑母今年七十餘歲，我出亡時苦勸她同行，未蒙允許，至今尚在失地中。五年前緣緣堂創造的時候，她老人家鎮日拿了史的克在基地上代為擘劃，在工場中代為巡視，三寸長的小腳常常遍染了泥污而回到老房子裏來吃飯。如今看它被焚，怪不得要傷心，而歎「佛無靈」。最近她有信來（託人帶到上海友人處，轉寄到桂林來的），末了說：緣緣堂雖已全毀，但煙囱尚完好，矗立於瓦礫場中。此是火食不斷之象，將來還可做人家。

　　緣緣堂燒了是「佛無靈」之故。這句話出於老姑母之口，入於某君之詩，原也平常。但我卻有些反感。不是指摘某君思想不對，也不是批評老姑母話語說錯，實在是慨歎一般人對於「佛」的誤解，因為某君和老姑母並不信佛，他們是一般按照所謂信佛的人的心理而說這話的。

　　我十年前曾從弘一法師學佛，並且吃素。於是一般所謂「信佛」的人就稱我為居士，引我為同志。因此我得交接不少所謂「信佛」的人。但是，十年以來，這些人我早已看厭了。有時我真懊悔自己吃素，我不屑與他們為伍。（我受先父遺傳，平生不吃肉類。故我的吃素半是生理關係。我的兒女中有二人也是生理的吃素，吃下葷腥去要嘔吐。但那些人以為我們同他們一樣，為求利而吃素。同他們辯，他們還以為客氣，真是冤枉。所以我有時懊悔自己吃素，被他們引為

同志。）因為這班人多數自私自利，醜態可掬。非但完全不解佛的廣大慈悲的精神，其我利自私之慾且比所謂不信佛的人深得多！他們的唸佛吃素，全為求私人的幸福。好比商人拿本錢去求利。又好比敵國的俘虜背棄了他們的伙伴，向我軍官跪喊「老爺饒命」，以求我軍的優待一樣。

信佛為求人生幸福，我絕不反對。但是，只求自己一人一家的幸福而不顧他人，我瞧他不起。得了些小便宜就津津樂道，引為佛佑；（抗戰期中靠唸佛而得平安逃難者，時有所聞。）受了些小損失就怨天尤人，歎「佛無靈」，真是「阿彌陀佛，罪過罪過」！他們平日都吃素、放生、唸佛、誦經。但他們吃一天素，希望得到比吃十天魚肉更大的報酬。他們放一條蛇，希望活一百歲。他們唸佛誦經，希望個個字變成金錢。這些人從佛堂裏散出來，說的都是果報：某人長年吃素，鄰家都燒光了，他家毫無損失。某人唸《金剛經》，強盜洗劫時獨不搶他的。某人無子，信佛後索得一男。某人痔瘡發，唸了「大慈大悲觀世音菩薩」，痔瘡立刻斷根。……此外沒有一句真正關於佛法的話。這完全是同佛做買賣，靠佛圖利，吃佛飯。這真是所謂：「羣居終日，言不及義，好行小惠，難矣哉！」[①]

我也曾吃素。但我認為吃素吃葷真是小事，無關大體。我曾作《護生畫集》，勸人戒殺。但我的護生之旨是護心

---

① 出自《論語・衛靈公》，意為「有些人整天聚在一起，談話同道義絲毫沒有關係，只喜歡賣弄小聰明，這種人真是難以教導啊」。

（其義見該書馬序），不殺螞蟻非為愛惜螞蟻之命，乃為愛護自己的心，使勿養成殘忍。頑童無端一腳踏死羣蟻，此心放大起來，就可以坐了飛機拿炸彈來轟炸市區。故殘忍心不可不戒。因為所惜非動物本身，故用「仁術」來掩耳盜鈴，是無傷的。我所謂吃葷吃素無關大體，意思就在於此。淺見的人，執着小體，斤斤計較：洋蠟燭用獸脂做，故不宜點；貓要吃老鼠，故不宜養；沒有雄雞交合而生的蛋可以吃得。……這樣地鑽進牛角尖裏去，真是可笑。若不顧小失大，能以愛物之心愛人，原也無妨，讓他們鑽進牛角尖裏去碰釘子吧。但這些人往往自私自利，有我無人；又往往以此做買賣，以此圖利，靠此吃飯，褻瀆佛法，非常可惡。這些人簡直是一種瘋子，一種惹人討嫌的人。所以我瞧他們不起，我懊悔自己吃素，我不屑與他們為伍。

真是信佛，應該理解佛陀四大皆空之義，而屏除私利；應該體會佛陀的物我一體，廣大慈悲之心，而護愛羣生。至少，也應知道親親而仁民，仁民而愛物之道。愛物並非愛惜物的本身，乃是愛人的一種基本練習。不然，就是「今恩足以及禽獸而功不至於百姓」的齊宣王[②]。上述這些人，對物則惓惓愛惜，對人間痛癢無關，已經是循流忘源，見小失大，本末顛倒的了。再加之於自己唯利是圖，這真是世間一等愚痴的人，不應該稱為佛徒，應該稱之為「反佛徒」。

因為這種人世間很多，所以我的老姑母看見我的房子被

---

② 　齊宣王（？—前301），本名田辟疆，戰國時齊國國君。

燒了，要說「佛無靈」的話，所以某君要把這話收入詩中。這種人大概是想我曾經吃素，曾經作《護生畫集》，這是一筆大本錢！拿這筆大本錢同佛做買賣所獲的利，至少應該是別人的房子都燒了而我的房子毫無損失。便宜一點，應該是我不必逃避，而敵人的炸彈會避開我；或竟是我做漢奸發財，再添造幾間新房子和妻子享用，正規軍都不得罪我。今我沒有得到這些利益，只落得家破人亡（流亡也），全家十口飄零在五千里外，在他們看來，這筆生意大蝕其本！這個佛太不講公平交易，安得不罵「無靈」？

我也來同佛做買賣吧。但我的生意經和他們不同：我以為我這次買賣並不蝕本，且大得其利，佛畢竟是有靈的。人生求利益，謀幸福，無非為了要活，為了「生」。但我們還要求比「生」更貴重的一種東西，就是古人所謂「所欲有甚於生者」。這東西是甚麼？平日難於說定，現在很容易說出，就是「不做亡國奴」，就是「抗敵救國」。與其不得這東西而生，寧願得這東西而死。因為這東西比「生」更為貴重。現在佛已把這宗最貴重的貨物交付我了。我這買賣豈非大得其利？房子不過是「生」的一種附飾而已，我得了比「生」更貴的貨物，失了「生」的一件小小的附飾，有甚麼可惜呢？我便宜了！佛畢竟是有靈的。

葉聖陶先生的《抗戰周年隨筆》中說：「……我在蘇州的家屋至今沒有毀。我並不因為它沒有毀而感到歡喜。我希望它被我們游擊隊的槍彈打得七穿八洞，我希望它被我們正規軍隊的大炮轟得屍骨無存，我甚而至於希望它被逃命無從的寇軍燒個乾乾淨淨。」他的房子，聽說建成才兩年，而且

比我的好。他如此不惜，一定也獲得那樣比房子更貴重的東西在那裏。但他並不吃素，並不作《護生畫集》。即他沒有下過那種本錢。佛對於沒有本錢的人，也把貴重貨物交付他。這樣看來，對佛買賣這種本錢是沒有用的。畢竟，對佛是不可做買賣的。

二十七（1938）年七月二十四日於桂林

藝術的逃難

┃導讀

　　這篇文章記述了作者在抗戰中的一段逃難的經歷。題目似乎有些歧義：究竟是藝術在逃難，還是逃難本身很藝術？由第一段浙大同事的問話可知，作者所取的是後一種意思。

　　一開始，我們讀到的是一大家子人異常慌亂，卻又無法可想的場面。生逢亂世，任何巧遇、錯過、絕望都有可能出現，作者都經歷過了。而讀者借作者的筆，也彷若經歷了一遍戰亂逃難中的種種緊張、慌亂、焦慮和無奈。

　　另一方面，在表面的亂糟糟之下，我們也一再讀到各地平靜的日常生活。作者由此獲得溫暖，感受古風。戰爭之下的日常生活，竟顯得無比堅韌，這是一個很有意味的觀察。

　　轉機在最絕望的時候出現了，而且又是完全出乎意料的偶然。這總是讓人高興的事情，難怪作者要飲酒大醉。

　　但作者的思考沒有停止。他由此想到：「極微細的一個『緣』，例如曬對聯，可以左右你的命運，操縱你的生死。」文章的結尾，被推向了哲理的層面。

　　那年日本軍在廣西南寧登陸，向北攻陷賓陽。浙江大學正在賓陽附近的宜山，學生、教師扶老攜幼，倉皇向貴州逃命。道路崎嶇，交通阻塞。大家吃盡千辛萬苦，才到得安全地帶。我正是其中之一人，帶了從一歲到七十二歲的眷屬十人，和行李十餘件，好容易來到遵義[①]。看見比我早到的浙大同事某君，他幽默地說：「聽說你這次逃難很是『藝術的』？」我不禁失笑，因為我這次逃難，的確受藝術的幫忙。

　　那時我還在浙江大學任教。因為宜山每天兩次警報，不勝奔命之苦。我把老弱者六人送到百餘里外的思恩縣的學生家裏。自己和十六歲以上的兒女四人（三女一男）住在宜山；我是為了教課，兒女是為了讀書。敵兵在南寧登陸之後，宜山的人，大家憂心忡忡，計劃逃難。然因學校當局未有決議，大家莫知所適從。我每天逃兩個警報，吃一頓酒，遷延度日。現在回想，真是糊裏糊塗！

　　不久賓陽淪陷了！宜山空氣極度緊張。汽車大敲竹杠。「大難臨頭各自飛」，不管學校如何，大家各自設法向貴州逃。我家分兩處，呼應不靈，如之奈何！幸有一位朋友，代我及其他兩家合僱一輛汽車，竹杠敲得不重，一千二百元（一九三九年的）送到都勻。言定經過離此九十里的德勝

---

① 　1937年8月，日軍進攻上海，逼近杭州。為避戰亂，9月，浙江大學校長竺可楨帶領學生離開杭州，橫穿浙江、江西、廣東、湖南、廣西、貴州六省，行程兩千六百多公里，歷時兩年半，將校址遷到貴州省遵義、湄潭，並在當地辦學七年，史稱「浙大西遷」。

站時停一停，讓我的老弱六人上車。一方面打長途電話到思恩，叫他們整理行物，在德勝站等候我們的汽車。豈知到了開車的那一天，大家一早來到約定地點，而汽車杳無影蹤。等到上午，車還是不來，卻掛了一個預報球！行李盡在路旁，逃也不好，不逃也不好，大家捏兩把汗。幸而警報不來；但汽車也不來！直到下午，始知被騙。丟了定洋一百塊錢，站了一天公路。這一天真是狼狽之極！

找旅館住了一夜。第二日我決定辦法：叫兒女四人分別攜帶輕便行李，各自去找車子，以都勻為目的地。誰先到目的地，就在車站及郵局門口貼個字條。說明住處，以便相會。這樣，化整為零，較為輕便了。我惦記着在德勝站路旁候我汽車的老弱六人，想找短路汽車先到德勝。找了一個朝晨，找不到。卻來了一個警報，我便向德勝的公路上走。息下腳來，已經走了數里。我向來車招手，他們都不睬，管自開過。一看錶還只八點鐘，我想，求人不如求己，我決定徒步四十五里到懷遠站，然後再找車子到德勝。拔腳邁進，果然走到了懷遠。

懷遠我曾到過，是很熱鬧的一個鎮。但這一天很奇怪：我走上長街，店門都關，不見人影。正在納罕，猛憶「豈非在警報中」？連忙逃出長街，一口氣走了三四里路，看見公路旁村下有人賣糯子，方才息足。一問，才知道是緊急警報！看錶，是下午一點鐘。問問吃糯子的兩個兵，知道此去德勝，還有四十里，他們是要步行赴德勝的。我打聽得汽車滑竿都無希望，便再下一個決心，繼續步行。我吃了一碗糯子，用毛巾填在一隻鞋子底裏，又脫下頭上的毛線帽子來，

填在另一隻鞋子底裏。一個兵送我一根繩，我用繩將鞋和腳紮住，使不脫落。然後跟了這兩個兵，再上長途。我准擬在這一天走九十里路，打破我平生走路的紀錄。路上和兩個兵閒談，知道前面某處常有盜匪路劫。我身上有鈔票八百餘元（一九三九年的），擔起心來。我把八百元整數票子從袋裏摸出，用破紙裹好，握在手裏。倘遇盜匪，可把鈔票拋在草裏，過後再回來找。幸而不曾遇見盜匪，天黑，居然走到了德勝。到區公所一問，知道我家老弱六人昨天一早就到，住在某伙鋪裏。我找到伙鋪，相見互相驚訝，談話不盡。此時我兩足酸痛，動彈不得。伙鋪老闆原是熟識的，為我沽酒煮菜。我坐在被窩裏，一邊飲酒，一邊談話，感到特殊的愉快。顛沛流離的生活，也有其溫暖的一面。

次日得宜山友人電話，知道我的兒女四人中，三人已於當日找到車子出發。啊！原來在我步行九十里的途中，他們三人就在我身旁駛過的車子裏，早已疾行先長者而去了！我這裏有七十二歲的老岳母、我的老姐、老妻、十一歲的男孩、十歲的女孩，以及一歲多的嬰孩，外加十餘件行李。這些人物，如何運往貴州呢？到車站問問，失望而回。又次日。又到車站，見一車中有浙大學生。蒙他們幫忙，將我老姐及一男孩帶走，但不能帶行李。於是留在德勝的，還有老小五人，和行李十餘件，這五人不能再行分班，找車越加困難。而戰事日益逼近，警報每天兩次。我的頭髮便是在這種時光不知不覺地變白的！

在德勝空住了數天，決定坐滑竿，僱挑夫，到河池，再覓汽車。這早上來了十二名廣西苦力。四乘滑竿，四個腳

夫。把人連物，一齊扛走，迤邐而西，曉行夜宿，三天才到河池。這三天的生活竟是古風。舊小說中所寫的關山行旅之狀，如今更能理解了。

河池地方很繁盛，旅館也很漂亮。我賃居某旅館，樓上一室，鏡台、痰盂、茶具、蚊帳，一切俱全，竟像杭州的二三等旅館。老闆是讀書人，知道我的「大名」，招待得很客氣；但問起向貴州的汽車，他只有搖頭。我起個大早，破曉就到車站去找車子，但見倉皇、擁擠、混亂之狀，不可向邇，廢然而返。第二天又破曉到車站，我手裏拿了一大束鈔票而找司機。有的看看我手中的鈔票，抱歉地說，人滿了，搭不上了！有的問我有幾個人，我說人三個，行李八件（其實是五個，十二件），他好像嚇了一跳，掉頭就走。如是者凡數次。我頹唐地回旅館。站在窗前悵望，南國的冬日，驕陽豔豔，青天漫漫，而予懷渺渺，後事茫茫，這一羣老幼，流落道旁，如何是好呢？傳聞敵將先攻河池，包圍宜山、柳州。又傳聞河池日內將有大空襲。這晴明的日子，正是標準的空襲天氣。一有警報，我們這位七十二歲的老太太怎樣逃呢？萬一突然打到河池來，那更不堪設想了！

這樣提心吊膽地過了好幾天，前途似乎已經絕望。旅館老闆安慰我說：「先生還是暫時不走，在這裏休息一下，等時局稍定再說。」我說：「你真是一片好心！但是，萬一打到這裏來，我人地生疏，如之奈何？」他說：「我有家在山中，可請先生同去避亂。」我說：「你真是義士！我多蒙照拂了。但流亡之人，何以為報呢？」他說：「若得先生到鄉，趁避亂之暇，寫些書畫，給我子孫世代寶藏，我便受賜

不淺了！」在這樣交談之下，我們便成了朋友。我心中已有七八分跟老闆入山；二三分還想覓車向都勻走。

次日，老闆拿出一副大紅閃金紙對聯來，要我寫字。說：「老父今年七十，蟄居山中。做兒女的餬口四方，不能奉觴上壽，欲乞名家寫聯一副，託人帶去，聊表寸草之心，可使蓬蓽生輝！」我滿口答允。就到樓下客廳中寫對。墨早磨好，濃淡恰到好處，我提筆就寫。普通慶壽的八言聯，文句也不值得記述了。那閃金紙是不吸水的，墨瀋堆積，歷久不乾。門外馬路邊太陽光作金黃色。他的管賬提議，抬出門外去曬，老闆反對，說怕被人踏損了。管賬說：「我坐着看管！」就由茶房幫同，把墨跡淋漓的一副大紅對聯抬了出去。我寫字時，暫時忘懷了逃難。這時候又帶了一顆沉重的心，上樓去休息，豈知一線生機，就在這裏發現。

老闆親自上樓來，說有一位趙先生要見我。我想下樓，一位穿皮上衣的壯年男子已經走上樓來了。他握住我的手，連稱「久仰」，「難得」。我聽他的口音，是無錫、常州之類。鄉音入耳，分外可親。就請他在樓上客間裏坐談。他是此地汽車加油站的站長，來的不久。適才路過旅館，看見門口曬着紅對子，是我寫的，而墨跡未乾，料想我一定在旅館內，便來訪問。我向他訴說了來由和苦衷，他慷慨地說：「我有辦法。也是先生運道太好：明天正有一輛運汽油的車子開都勻。尚有空地，讓先生運走。」我說：「那麼你自己呢？」他說：「我另有辦法。況且戰事尚未十分逼近，我是要到最後才走的。」講完了，他起身就走，說晚上再同司機來看我。

我好比暗中忽見燈光，驚喜之下，幾乎雀躍起來。但一剎那間，我又消沉，頹唐，以至於絕望。因為過去種種憂患傷害了我的神經，使它由過敏而變成衰弱。我對人事都懷疑。這江蘇人與我萍水相逢，他的話豈可盡信？況在找車難於上青天的今日，我豈敢盼望這種僥倖！他的話多分是不負責的。我沒有把這話告訴我的家人，免得她們空歡喜。

　　豈知這天晚上，趙君果然帶了司機來了。問明人數，點明行李，叮囑司機之後，他拿出一卷紙來，要我作畫。我就在燈光之下，替他畫了一幅墨畫。這件事我很樂願，同時又很苦痛。趙君慷慨樂助，救我一家出險，我作一幅畫送他留個永念，是很樂願的。但在作畫這件事說，我一向歡喜自動，興到落筆，毫無外力強迫，為作畫而作畫，這才是藝術品，如果為了敷衍應酬，為了交換條件，為了某種目的或作用而作畫，我的手就不自然，覺得畫出來的筆筆沒有意味，我這個人也毫無意味。但在那時，也只得勉強破例，在昏昏燈火下用惡劣的紙筆作畫。

　　次日一早，趙君親來送行，汽車順利地開走。下午，我們老幼五人及行李十二件，安全地到達了目的地都勻。汽車站壁上貼着我的老姐及兒女們的住址，他們都已先到了。全家十一人，在離散了十六天之後，在安全地帶重行團聚，老幼俱各無恙。我們找到了他們的時候，大家笑得合不攏嘴來。正是「人世難逢開口笑，茅台須飲兩乾杯！」這晚上十一人在中華飯店聚餐，我飲茅台酒大醉。

　　一個普通平民，要在戰事緊張的區域內舒泰地運出老幼五人和十餘件行李，確是難得的事。我全靠一副對聯的因

緣，居然得到了這權利。當時朋友們誇飾為美談。這就是某君所謂「藝術的逃難」。但當時那副對聯倘不拿出去曬，趙君無由和我相見，我就無法得到這權利，我這逃難就得另換一種情狀。也許更好；但也許更壞；死在鐵蹄下，轉乎溝壑……都是可能的事。人真是可憐的動物！極微細的一個「緣」，例如曬對聯，可以左右你的命運，操縱你的生死。而這些「緣」都是天造地設，全非人力所能把握的。寒山子詩云：「碌碌羣漢子，萬事由天公。」人生的最高境界，只有宗教。所以我的逃難，與其說是「藝術的」，不如說是「宗教的」。人的一切生活，都可說是「宗教的」。

趙君名正民，最近還和我通信。

一九四六年四月二十九日於重慶

口 中 剿 匪 記

導讀

　　這文章題目就怪，「口中剿匪」？甚麼意思呢？幸好作者開門見山揭開了謎底 —— 原來是把牙齒拔光。

　　拔牙就拔牙唄，為甚麼聳動視聽地稱之為「剿匪」呢？幸好作者接着就又給出了解釋 —— 十七顆牙齒，不但毫無用處，而且常常作祟，使他受苦不淺。名之曰「匪」，正是反映了作者對它們的切「齒」痛恨。

　　不管怎樣吧，「剿匪」就要有「剿匪」的架勢。作者給我們製造了一幅煙塵滾滾的大戰場面。我們看到，敵方是「不盡責任，而貪贓枉法，作惡為非，以危害國家，蹂躪人民」。我方則是忍無可忍，「文王忽然變了武王，毅然決然地興兵伐紂，代天行道」，並任命牙醫師為「剿匪總司令」。十一天戰役下來，十七名「悍匪」被連根拔起，滿門抄斬。我方大獲全勝，從此天下太平。

　　本文作於解放戰爭時期，當時正值內戰，國民黨政府政治腐敗、禍國殃民。從這樣的時代背景出發，就不難理解本文的用意所在了。文中作者把自己的牙齒比作「貪贓枉法，作惡為非，以危害國家，蹂躪人民」的貪官污吏，忍無可忍之下，毅然將其全部剿滅（拔光），以此表現了作者對國民黨政府及官員的深惡痛絕；文章末尾作者則表達了期盼國家一換天日、百姓安居樂業的深切希望。

口中剿匪，就是把牙齒拔光。為甚麼要這樣說法呢？因為我口中所剩十七顆牙齒，不但毫無用處，而且常常作祟，使我受苦不淺，現在索性把它們拔光，猶如把盤踞要害的羣匪剿盡，肅清，從此可以天下太平，安居樂業。這比喻非常確切，所以我要這樣說。

　　把我的十七顆牙齒，比方一羣匪，再像沒有了。不過這匪不是普通所謂「匪」，而是官匪，即貪官污吏。何以言之？因為普通所謂「匪」，是當局明令通緝的，或地方合力嚴防的，直稱為「匪」。而我的牙齒則不然：它們雖然向我作祟，而我非但不通緝它們，嚴防它們，反而袒護它們。我天天洗刷它們；我留心保養它們；吃食物的時候我讓它們先嚼；說話的時候我委屈地遷就它們；我決心不敢冒犯它們。我如此愛護它們，所以我口中這羣匪，不是普通所謂「匪」。

　　怎見得像官匪，即貪官污吏呢？官是政府任命的，人民推戴的。但他們竟不盡責任，而貪贓枉法，作惡為非，以危害國家，蹂躪人民。我的十七顆牙齒，正同這批人物一樣。它們原是我親生的，從小在我口中長大起來的。它們是我身體的一部分，與我痛癢相關的。它們是我吸取營養的第一道關口。它們替我研磨食物，送到我的胃裏去營養我全身。它們站在我的言論機關的要路上，幫助我發表意見。它們真是我的忠僕，我的護衛。詎料它們居心不良，漸漸變壞。起初，有時還替我服務，為我造福，而有時對我虐害，使我苦痛。到後來它們作惡太多，個個變壞，歪斜偏側，吊兒郎當，根本沒有替我服務、為我造福的能力，而一味對我戕

害，使我奇癢，使我大痛，使我不能吸煙，使我不得喝酒，使我不能作畫，使我不能作文，使我不得說話，使我不得安眠。這種苦頭是誰給我吃的？便是我親生的，本當替我服務、為我造福的牙齒！因此，我忍氣吞聲，敢怒而不敢言。在這班貪官污吏的苛政之下，我茹苦含辛，已經隱忍了近十年了！不但隱忍，還要不斷地買黑人牙膏、消治龍牙膏來孝敬它們呢！

我以前反對拔牙，一則怕痛，二則我認為此事違背天命，不近人情。現在回想，我那時真有文王 [①] 之至德，寧可讓商紂 [②] 方命虐民，而不肯加以誅戮，直到最近，我受了易昭雪牙醫師的一次勸告，文王忽然變了武王 [③]，毅然決然地興兵伐紂 [④]，代天行道了。而且這一次革命，順利進行，迅速成功。武王伐紂要「血流標杵」，而我的口中剿匪，不見血光，不覺苦痛，比武王高明得多呢。

飲水思源，我得感謝許欽文先生。秋初有一天，他來看我，他滿口金牙，欣然地對我說：「我認識一位牙醫生，就

---

① 文王，指周文王（前 1152—前 1056），姬姓，名昌，商朝末年西方諸侯之長，為政積善行仁，其子周武王得天下後，追尊其為文王。

② 商紂，指商紂王（前 1105—前 1046），商朝末代君主，在位後期施行暴政。約西元前 1046 年，商朝被周武王所滅，商紂王自盡。

③ 武王，指周武王（約前 1087—前 1043），姬姓，名發，西周王朝開國君主，周文王次子。

④ 伐紂，指武王伐紂。商朝末年，紂王施行暴政，致國力衰竭。公元前 1046 年，周武王聯合其他諸侯進攻商朝都城朝歌，牧野之戰大勝，自此滅商建立西周。

是易昭雪。我勸你也去請教一下。」那時我還有文王之德，不忍誅暴，便反問他：「裝了究竟有甚麼好處呢？」他說：「夫妻從此不討相罵了。」我不勝讚歎。並非羨慕夫妻不相罵，卻是佩服許先生說話的幽默。幽默的功用真偉大，後來有一天，我居然自動地走進易醫師的診所裏去，躺在他的椅子上了。經過他的檢查和忠告之後，我恍然大悟，原來我口中的國土內，養了一大批官匪，若不把這批人物殺光，國家永遠不得太平，民生永遠不得幸福。我就下決心，馬上任命易醫師為口中剿匪總司令，次日立即向口中進攻。攻了十一天，連根拔起，滿門抄斬，全部貪官，從此肅清。我方不傷一兵一卒，全無苦痛，順利成功。於是我再託易醫師另行物色一批人才來，要個個方正，個個幹練，個個為國效勞，為民服務。我口中的國土，從此可以天下太平了。

一九四七年冬於杭州

菊 林

◖ 導讀

　　寫《菊林》等一系列文章時，豐子愷已步入暮年。他把筆觸伸回到了童年往事之中。雖然身邊是「文革」狂潮，但他的文字仍然驚人地保持了生活的瑣屑與溫情。這種極端年代的寫作，彷彿老藝術家留給塵世的遺言一般。

　　年輕時豐子愷就是一個溫厚、單純的人，到了老年，閱盡滄桑，越發沒有煙塵之氣了。《菊林》寫的是菊林小和尚的故事。每一段講他的一個方面，他的年輕、他的貪嘴、他的可愛和好心，每一段都不長。

　　文章的結尾：「抗戰勝利後我從重慶歸來，去憑弔劫後的故鄉，看見西竺庵一部分還在。我入內瞻眺，在廊柱石凳之間依稀彷彿地看見六歲的菊林向我合掌行禮。庵中的和尚不知去向，屋宇都被塵封。大概他們都在這浩劫中散而之四方矣。但不知菊林下落如何。」這裏有牽掛，有傷感，也有喟歎，但是，都付諸清風明月了。

我十三四歲在小學讀書的時候，菊林是一個六歲的小和尚。如果此人現在活着而不還俗，則是一個六十多歲的老和尚了。

　　我們的西溪小學堂辦在市梢的西竺庵裏，借他們的祖師殿為校舍。我們入學，必須走進山門，通過大殿。因此和和尚們天天見面。西竺庵是個子孫廟，老和尚收徒弟，先進山門為大。菊林雖只六歲，卻是先進山門，後來收的十三四歲的本誠，要叫他「師父」。這些小和尚，都是窮苦人家賣出來的，三塊錢一歲。像菊林只能賣十八元。菊林年幼，生活全靠徒弟照管。「阿拉師父跌了一跤！」本誠抱他起來。「阿拉師父撒尿出了！」本誠替他換褲子。「阿拉師父眠着了！」本誠抱他到樓上去。

　　僧房的樓窗外掛着許多風肉。這些和尚都愛吃肉，而且堂堂皇皇地掛在窗口。他們除了做生意（即拜懺）時吃素之外，平日都吃葷。而且拜懺結束之時，最後一餐也吃葷。有一次我看見老和尚打菊林的屁股，為的是菊林偷肉吃。

　　西竺庵裏常常拜懺，差不多每月舉行一次，每次都有名目：大佛菩薩生日，觀音菩薩生日，某祖師生日等等。屆時邀請當地信佛的太太們來參加。太太們都很高興，可以借佛遊春。她們每人都送香金。富有的人家送的很重，貧家隨緣樂助。每次拜懺，和尚的收入是可觀的。和尚請太太們吃素齋，非常豐盛。太太們吃好之後，在碗底下放幾個銅錢，叫做洗碗錢。菊林在這一天很出風頭。他合掌向每位太太拜揖，口稱「阿彌陀佛」。他的面孔像個皮球，聲音喃喃吶吶，每個太太都憐愛他，給他糖果或銅板角子。她們調查這

小和尚的身世，知道他一出世就父母雙亡，阿哥阿嫂生活困難，把他賣做小和尚。菊林心地很好，每次拜懺的收入，銅板角子交給老和尚，糖果和他的徒弟分吃。

抗戰勝利後我從重慶歸來，去憑弔劫後的故鄉，看見西竺庵一部分還在。我入內瞻眺，在廊柱石凳之間依稀彷彿地看見六歲的菊林向我合掌行禮。庵中的和尚不知去向，屋宇都被塵封。大概他們都在這浩劫中散而之四方矣。但不知菊林下落如何。

阿 慶

◖ 導讀

　　本文原載於 1983 年 2 月 9 日《文匯報》。

　　「柴主人」阿慶，姓名不傳，孑然一身。此人每天做完生意，閒下來就拉胡琴，手法純熟，生曲子聽過幾次，就能復現。作者感歎：「阿慶孑然一身，無家庭之樂。他的生活樂趣完全寄託在胡琴上。可見音樂感人之深，又可見精神生活有時可以代替物質生活。感悟佛法而出家為僧者，亦猶是也。」這樣的人物要是留給汪曾祺的話，肯定能被寫成極為動人的小說。

　　豐子愷所看重的，是阿慶自得其樂、無欲無求的日常生命狀態。因為這種生命狀態，他不慕榮利，卻返璞歸真，真正地尋找到了自由。有意思的正是，越汲汲於功名富貴，就越容易慾壑難填；而越與急功近利無關，生活世界就越豐滿、自足。這是藝術家的人生觀，無論他是不是真的精通藝術。

　　說到底，藝術只是一種人生態度。

　　我的故鄉石門灣雖然是一個人口不滿一萬的小鎮，但是附近村落甚多，每日上午，農民出街做買賣，非常熱鬧，兩條大街上肩摩踵接，推一步走一步，真是一個商賈輻輳的市場。我家住在後河，是農民出入的大道之一。多數農民都是乘航船來的，只有賣柴的人，不便乘船，挑着一擔柴步行入市。

　　賣柴，要稱斤兩，要找買主。農民自己不帶秤，又不熟悉哪家要買柴。於是必須有一個「柴主人」。他肩上扛着一支大秤，給每擔柴稱好分量，然後介紹他去賣給哪一家。柴主人熟悉情況，知道哪家要硬柴，哪家要軟柴，分配各得其所。賣得的錢，農民九五扣到手，其餘百分之五是柴主人的佣錢。農民情願九五扣到手，因為方便得多，他得了錢，就好扛着空扁擔入市去買物或喝酒了。

　　我家一帶的柴主人，名叫阿慶。此人姓甚麼，一向不傳，人都叫他阿慶。阿慶是一個獨身漢，住在大井頭的一間小屋裏，上午忙着稱柴，所得佣錢，足夠一人衣食，下午空下來，就拉胡琴。他不喝酒，不吸煙，唯一的嗜好是拉胡琴。他拉胡琴手法純熟，各種京戲他都會拉。當時留聲機還不普遍流行，就有一種人背一架有喇叭的留聲機來賣唱，聽一出戲，收幾個錢。商店裏的人下午空閒，出幾個錢買些精神享樂，都不吝惜。這是不能獨享的，許多人旁聽，在出錢的人並無損失。阿慶便是旁聽者之一。但他的旁聽，不僅是享樂，竟是學習。他聽了幾遍之後，就會在胡琴上拉出來。足見他在音樂方面，天賦獨厚。

　　夏天晚上，許多人坐在河沿上乘涼。皓月當空，萬籟

無聲。阿慶就在此時大顯身手。琴聲宛轉悠揚，引人入勝。潯陽江頭的琵琶，恐怕不及阿慶的胡琴。因為琵琶是彈弦樂器，胡琴是摩擦弦樂器。摩擦弦樂器接近於肉聲，容易動人。鋼琴不及小提琴好聽，就是為此。中國的胡琴，構造比小提琴簡單得多。但阿慶演奏起來，效果不亞於小提琴，這完全是心靈手巧之故。有一個青年羨慕阿慶的演奏，請他教授。阿慶只能把內外兩弦上的字眼 —— 上尺工凡六五乙仕 —— 教給他。此人按字眼拉奏樂曲，生硬乖異，不成腔調。他怪怨胡琴不好，拿阿慶的胡琴來拉奏，依舊不成腔調，只得廢然而罷。記得西洋音樂史上有一段插話：有一個非常高明的小提琴家，在一隻皮鞋底上裝四根弦線，照樣會奏出美妙的音樂。阿慶的胡琴並非特製，他的心手是特製的。

筆者曰：阿慶孑然一身，無家庭之樂。他的生活樂趣完全寄託在胡琴上。可見音樂感人之深，又可見精神生活有時可以代替物質生活。感悟佛法而出家為僧者，亦猶是也。

一九七二年

責任編輯：劉萄諾

封面設計：高林

版式設計：鄧佩儀

排版：陳美連

印務：劉漢舉

名 家 散 文 必 讀 系 列

豐子愷

作者　豐子愷

出版｜中華教育

香港北角英皇道 499 號北角工業大廈 1 樓 B 室

電話：(852) 2137 2338　傳真：(852) 2713 8202

電子郵件：info@chunghwabook.com.hk

網址：http://www.chunghwabook.com.hk

發行｜香港聯合書刊物流有限公司

香港新界荃灣德士古道 220-248 號 荃灣工業中心 16 樓

電話：（852）2150 2100　傳真：（852）2407 3062

電子郵件：info@suplogistics.com.hk

印刷｜美雅印刷製本有限公司

香港觀塘榮業街 6 號海濱工業大廈 4 樓 A 室

版次｜2022 年 10 月第 1 版第 1 次印刷

©2022 中華教育

規格｜32 開（195mm x 140mm）

ISBN｜978-988-8808-31-1